让日常阅读成为砍向我们内心冰封大海的斧头。

# 黄柠檬

# 레몬

〔韩〕权汝宣 著

叶蕾蕾 译

花城出版社

中国·广州

## 目录

短裤，二〇〇二　1

诗，二〇〇六　26

黄柠檬，二〇一〇　52

发绳，二〇一〇　79

膝盖，二〇一〇　93

神，二〇一五　120

骨癌，二〇一七　137

斜阳，二〇一九　156

作家的话　165

短裤,二〇〇二

我想象着许久以前发生在警察局审讯室里的情景。虽说是想象，并不意味着捏造。但这确实不是我亲眼所见，所以不知该如何形容。我是根据他说的那些话和一些线索，再加上自己的经验和推论，去想象那天的场景。不仅仅是这一场景，十六年来，我一直思忖、摩挲和加工着那件被称为"美丽女高中生遇害事件"的所有细节、画面和情景，因而时常陷入一种痛苦的错觉之中，仿佛自己亲眼见到、亲身经历过深植于脑海中的那些场景。想象和真实一样痛苦。不，比真实还要痛苦。因为它没有边际，也没有期限。

少年独自坐在审讯室里十几分钟了。这里除了一张桌子和四把椅子，便什么都没有了。墙面上没有挂相框之类的，桌子上也没有花瓶或烟灰缸。有一种人，不管做什么都会显得不自然，少年便是这样：他的坐姿很不自然，眼神迷离，看起来像是困了。也许是因为不知该看向哪里，所以更加给人以这种印象，就像在白色的平面上来回移动、无法对焦的相机镜头。

刑警走进来，坐到少年的对面。少年的视线稍微集中了一些。

"韩万宇！"

声音不大，但听起来并不友好，是教导主任或班主任要处罚学生时用的那种严厉口吻。声音化为坚硬的敌意，插入少年胸口正中央，就像他那即将步步成真的残酷命运，我想。当时学校里的同学没有人用这种语气叫过韩万宇。

有人叫他"老太婆"[1]，还有人叫他"愚人节"[2]，但最响亮的那个绰号来自《恨五百年》[3]。同学们都认为那首歌的第一节开首唱的就是"韩万宇"——"恨满——

---

[1] 韩语中"韩万宇"与"老太婆"（할망구）的发音相似。——本书注释除特别说明外均为译者注
[2] 韩语中"万宇"与"愚人节"（만우절）的前两字相同。
[3] 韩国江原道山区一首有名的民谣，曲调哀婉悠长。

呜——世上——那无情的人啊"。只要把那个鼻音发得稍微模糊一些，简直一模一样。由于这个绰号的感染力实在太强了，"愚人节"和"老太婆"这两个称呼渐渐被淘汰了，所有人叫他的时候都会像歌唱家练嗓子那般唱出"恨满——呜——"。在案件发生之前，我并不知晓他的存在。因为他上高三，我上高一。不过如果努力回忆起来，好像确实在学校走廊里听到过呼唤他名字的哀怨又滑稽的歌声。那悠长的曲调里听不出任何坚硬的敌意。不过在案件发生后，他再也没有被人这样喊过。没有人再喊他，也没法再喊他了。

偶尔我还会像以前那样喊他，"恨满——呜——"，然后便会陷入怀疑——在充满恨的人生里，也存在"意义"这类东西吗？不是那种抽象、普遍的人生，而是具体、个人的人生。他人生的层层叠叠之中，也存在过所谓的意义吗？不，应该没有。我认为没有。我觉得一切人生都不存在特殊的意义这类东西，包括他的人生、姐姐的人生以及我的人生。不管如何寻找，即使是强行捏造，没有就是没有。盲目地开始，盲目地结束，这就是人生。

刑警提醒少年认真听自己说话,说这次和上次不一样,让他好好地想清楚再回答自己的问题,否则情况可能会变得对他极为不利。少年看了一眼刑警,但没能从那张脸上读懂什么。他很迟钝,但能感觉出来,刑警比第一次审讯的时候更吓人。不知为何带着一股火气,带着火气的人总是有些吓人的。

"我们来确认一下上次审讯时陈述的内容。"

刑警用圆珠笔慎重地敲打着桌面说道。

"二〇〇二年六月三十日十八时许,也就是下午六点左右,你在骑着踏板摩托车去送炸鸡外卖的途中,经过了申政俊驾驶的车,对吧?"

"不是啊。"

"不是?"

原本低着头看文件的刑警抬眼问。

"之前的记录显示,你就是这样陈述的啊。"

"是送完外卖回去的途中,不是去送外卖途中。"

刑警收回视线,这不算什么要紧的问题。

"那这里怎么写着去送外卖途中?总之,你在送完炸鸡外卖回去的路上,经过了申政俊驾驶的车,对吧?"

"是的。"

"那么，那是辆什么车？"

"啊？"

刑警认为少年在故意装作听不懂。

"车型！我问你那是辆什么车？"

"我不知道那是什么车，好像是深灰色的，车身闪闪发亮。我都说了啊，那次。"

"我不是说了吗，要再次确认一下那次，不，是上次陈述的内容，是一辆闪闪发亮的深灰色的车？"

"是的。"

刑警从文件中拿出一张照片。

"是这种车吗？"

少年伸长脖子看了一下照片，又看看刑警。

"好像是……"

"不用非得一模一样，是不是这一类的？"

少年又看看照片，然后看着刑警：

"好像是。"

"是吗？"

"是。"

"好，很好。"

刑警又拿出一张照片。少年看看照片又看向刑警。

"这是你骑的踏板摩托车，对吗？"

少年立即回答说"是"。

"很好。"

刑警做出翻找文件的样子，拖延着发出致命一击的时间。

"现在到了关键部分。听好了。当时你看到金海彦坐在申政俊的副驾驶座上，对吧？"

"是的。"

"你说她当时是什么打扮？什么发型，什么穿着？"

"头发是散开的。"

"头发是散开的，也就是说，不是扎起来的，是披着。"

"是的。"

"还有呢？衣服呢？"

"衣服……穿着背心和短裤……"

"穿着背心和短裤？"

刑警的话尾上扬。

"是的，我是这么说的……"

"嗯，是这么说的，也就是说你还记得，对吧？那颜色呢？"

"啊？颜色？"

刑警心想，反正这种人就不可能一次把问题回答清楚。

"我说衣服的颜色！背心和短裤的颜色。"

"那个我不知道。"

"不记得了？"

"我不知道。"

"你记得当时她穿的是背心和短裤，但不记得颜色？这像话吗？"

"不知道，我。"

刑警感觉少年的语气里似乎隐藏着什么，而且在刻意模糊重点。他想，是时候收网了。这时少年突然环顾四周。

"怎么了？"

"我得走了，现在。"

"什么？"

"几点了？我得去打工了，现在。"

少年将两手放到桌面上，仿佛随时准备起身。刑警一言不发地紧盯着少年，他心里在想些什么呢？在内心下结论说果然是这小子吗？望着少年放在桌面上的拳头，他会不会在掂量着这只手是否足以抓起砖头之类的东西砸向人的头部？或许他在想，这双手看起来比申政俊的更有力，不过嘛……他迟疑片刻便摇了摇头。砸向女孩满头秀发的圆形头颅并不需要太大的握力。相反，论体格，申政俊更强壮，他经常运动，锻炼出了一身肌肉，而韩万宇是中等个头，体型瘦小。

刑警清了清嗓子，再次提醒对方接下来认真听好自己说的话。

"你陈述的内容有问题，看看这个。"

刑警将两张照片推到少年的面前，开始慢慢解释。"有一点很重要，申政俊的车不是一般的小轿车，而是雷克萨斯RX300，也就是SUV。这是一款运动车型，所以座位较高，车窗的高度自然也比较高。你再看看你送外卖的踏板摩托车，你坐在上面能看到的视角应该和雷克萨斯的车窗平行，或者比它还要低一些。"说完这些，刑警问少年，这意味着什么？少年没有回答，于是刑警慢条斯理地继续向他解释。

"这意味着,你坐在你那辆矮冬瓜踏板摩托车上,是绝对不可能看到坐在副驾驶座上的金海彦穿的是短裤还是长裤的。"

嘴上虽这样说,但刑警其实无法断定是不是绝对看不到,他只是这样推测。可看到少年惊恐的脸孔,他心想,果然没错,是时候发动真正的攻势了。

"所以,你看到的并不是坐在申政俊副驾驶座上的金海彦,而是不在车上时的金海彦,因此你才知道她穿的是短裤。你可能看到金海彦从申政俊车上下来了,或者看到后来她自己走在路上,总之你看到的并不是车里的金海彦。这么说的话……"

少年眨了眨眼睛,等待着刑警的下文。他能理解刑警说的话,但不能理解自己当前的处境。刑警的嘴角露出一抹预感到致命一击即将应验的紧张的微笑。

"最后目击金海彦的人不是申政俊,而是你,韩万宇。明白什么意思吗?"

少年看看刑警。刑警感觉少年又要假装听不懂了。若是如此,就需要想点更有用的法子刺激他一下。

"这样一来,你就成了用钝器杀害金海彦的最大嫌疑人。"

少年一惊,不由得缩了一下肩膀。

"啊?为什么啊?"

少年无论做什么都显得不自然的肢体语言在刑警看来不过是尴尬的表演。刑警一定在想,拙劣的家伙做什么都是拙劣的。

"什么为什么?你听到现在都听了些什么?是你杀死了金海彦,然后又装成是看到申政俊杀死她的目击者,不是吗?"

"不是的,我为什么要这么做?我为什么要杀死她?"

"这个我怎么知道?你自己才清楚。"

"我都没跟她说过话,听说她本来就不怎么爱说话。"

"谁说的?"

"大家都这样说啊,跟她说话她也不回答,我都没跟她说过话的。"

虽然这是事实,但和案件关系不大,刑警对此并不感兴趣。

"你在胡说些什么?喂,韩万宇!那么金海彦的短裤，这个怎么解释？你不是说自己看到过吗？你来给我讲讲，你是怎么看到她穿的是短裤的？"

刑警上半身前倾，想看看这家伙要怎么辩解。如果踏板摩托车紧贴着雷克萨斯往里看，会看到下半身的穿着吗？半天，少年才像吐出吃下去的食物那般吃力地说道：

"我不知道有没有看到……"

少年末了又咕哝了些什么，但陶醉于胜利感的刑警没听到。

"不知道有没有看到？哈，现在你才告诉我不知道有没有看到？"

"不是……"

"不是？"

"应该看到了……她也……"

刑警眯起眼睛。

"她……也？"

少年闭口不发一言，他不想再说话了，甚至想把刚才所说的都收回去。

"你好像还没搞清楚目前状况的严重性，我劝你不要胡编乱造来蒙我。之前你说的可是只有你自己看到了,现在又说可能有别人看到?"

"我没说只有我自己看到啊。"

"没说只有你自己看到?好,那么还有谁也看到了?"

"必须回答吗?不说不行吗?"

少年不想回答。他真的不想在警察局的审讯室里提到她。他还能清楚地记起那天被她从后面抓住时,腰间感受到的温度。想起那种触感,也许少年在刑警面前又露出了傻瓜一样的笑容,就像在我面前的那次一样。

"你是不是有病?!"

刑警强忍住想在少年那腌黄瓜一样的脸上猛抽一巴掌的冲动。

"你给我好好回答!现在你等于是推翻了上次的陈述。如果不是你一个人,还有谁也看到了?"

少年翕动着上唇,欲言又止。

"我[1]……"

刑警竖起耳朵。罗……看来是个姓罗的家伙。

---

[1] 韩语中"我"与"罗"的发音相同。

"我现在得走了……真的。"

刑警一下子浑身瘫软。少年有种让对方郁闷到发疯的能力。这小子是比想象的更迟钝，还是拥有出人意料的智慧、能装出迟钝的样子？

"不好好回答的话，你今天就别想离开了。不，明天、后天也别想走，说不定一辈子都走不了。"

"不行，我们老板一个人干不完那么多活的。我得走了，现在。"

"我再问你，到底还有谁也看到了？"

少年嗫嚅着说出了一个名字。刑警这次没有费力去听，而是厉声呵斥道：

"臭小子，大声点！"

"泰……琳。"

少年口中溅出细细的唾沫星。

"泰……琳？"

"尹……泰琳。"

"尹泰琳？尹泰琳是谁？"

"三班的，和海彦一个班。"

"女的吗？"

少年露出惊愕的表情。

"啊，当然是女的。是女生班嘛，三班。"

刑警感到很无辜。他哪知道三班是女生班还是男生班？但接着就想到："啊，跟金海彦同班嘛。"这让他更加气恼。

"这么重要的事怎么现在才说？这样等于你上次做了伪证，我们可以以伪证罪把你抓起来。从现在开始要是你还不好好回答，我让你吃不了兜着走！那天你是和尹泰琳在一起吗？"

"是。"

刑警脑袋一阵发晕。

"为什么？"

"泰琳要坐我的车。"

"什么车？踏板摩托车？"

"是。"

"啊，我要疯了。所以你不是自己一个人骑着踏板摩托车？你不是去送外卖，不，送完外卖回去的路上吗？"

"送完外卖我要回家，在路边。泰琳一个劲儿地冲我招手，我就停下了，然后她说要坐我的车，说有急事。"

"然后呢，你们两个骑了一段路就看到了申政俊的车？"

"我不知道那是政俊的车，不对，据说那是政俊姐姐的车。买来还没多久，目前是政俊开着。当时泰琳催我一直往前骑，到前面去。"

"一直骑，到前面去？"

"等红灯的时候，泰琳让我过去站着，去前面。"

"什么前面？"

"政俊的车前面。"

"为什么让你过去站着？去前面？"

"不知道了，那个就。"

"然后呢，你就过去站着了？去前面？"

刑警已经有些不耐烦了。少年奇怪的倒装句让他心烦，自己说出的话似乎也变得越来越别扭。

"是。"

"然后呢？"

"所以说啊。"

"所以说什么？"

"所以说,泰琳说不定也看到了啊。"

泰琳说不定也看到了。通过这句话,刑警确信少年做了伪证,而我通过这句话了解了事实。那天,尹泰琳想知道申政俊的车里坐着谁,所以坐上了韩万宇的踏板摩托车追了一阵,然后让韩万宇在前面停车。这些话里有着靠韩万宇的脑袋无论如何都编造不出来的微妙的真实。

"那你上次怎么没提尹泰琳的事?"

"好像……不太喜欢。"

"不喜欢什么?"

"踏板摩托车。"

"不喜欢踏板摩托车?"

"是啊,泰琳。"

"泰琳怎么了?"

"坐踏板摩托车。"

"泰琳不喜欢坐你的踏板摩托车?"

"是啊。"

"那你为什么还要带她?"

"泰琳说要坐我的车,一个劲儿地冲我招手。不是我说要带她的，一开始。"

"好吧，不是你说要带她的，一开始。我知道了。那既然不喜欢坐，你为什么要带她？这件事为什么一开始你没说？"

"大叔您不知道，她肯定不会坐的，那种车。"

刑警已经处于崩溃的边缘。

"也就是说，不是你不喜欢踏板摩托车，而是泰琳不喜欢踏板摩托车。她不坐踏板摩托车这种车，是这个意思吗？"

"她绝对不坐的，送外卖的踏板摩托车这种。她说要坐我车的时候我不知有多吃惊。她说要下车的时候我就赶紧让她下车了，她讨厌坐这个嘛。"

"她说要下车的时候你就赶紧让她下车了？那她说的急事是什么？"

"急事？"

"你不是说她有急事所以要搭你车？"

"我没问，那个。"

怎么有这种傻帽？刑警心想。傻帽刑警可能还不明白，但是女孩觉得坐踏板摩托车丢脸，却不得已坐上了傻帽男孩送外卖的踏板摩托车，并催他超过申政俊的车，然后坐了一段便下车了，如此一来她所谓的急事不是很明显了吗？她想看看申政俊车里坐着的是谁。最后泰琳看到是姐姐坐在车里，目的达成之后她便从踏板摩托车上下来了。当时泰琳看到了什么呢？她眼中的姐姐有多美丽、多冷漠、多残忍？

刑警摇摇头。他确信少年是想把尹泰琳拉进来，好分散他的注意力，这样做仍然是自掘坟墓。

"韩万宇，你还是在说谎。"

"没有，我没说谎。还有，我得走了，真的。"

"怎么没说谎？这百分之百是假话。我会叫尹泰琳来接受调查的，就算撒谎也得前后一致吧。你都看不到，尹泰琳是怎么看到的？就算她看到了金海彦散着头发、穿着背心，尹泰琳一个女孩子难不成比你个子还高？再高也看不到。她和你一样都不可能看到金海彦穿的是短裤。"

少年不高兴地说：

"我得走了，真的。"

"你这个臭小子,在用屁眼听我说话吗?我已经说一百遍了,坐在你那辆矮冬瓜踏板车上是无论如何都不可能看到人家穿的是短裤的!"

"是。"

"什么?是?哈,臭小子,所以你承认自己没有看到了?"

终于看到希望的刑警兴奋地问。

"我不知道,还有……"

刑警竖起耳朵。

"老是,矮冬瓜、矮冬瓜的,请别再这么说了。"

刑警哑笑了一下。

"你在说些什么啊?我最后再问一次,因为你看到了,所以尹泰琳也会看到,是这样的吗?"

"是的。"

"我调查一下,如果发现不是,你就死定了。"

"我可以走了吗,现在?"

"走吧,走吧。"

刑警不满地看着少年从座位站起、冲自己鞠一躬,然后趿拉着运动鞋走出审讯室的背影。他会反复用文件边角嗒嗒叩击桌面,让纸张对齐,同时陷入沉思。我知道刑警有这样的习惯。我还知道他会将对得整整齐齐的文件放在桌面上,又用按回的圆珠笔在文件上缓慢地敲击,把好不容易整理好的文件弄乱。我能清楚地记起刑警的语气和表情,还有粗短的脖子以及大猩猩一样耸着肩膀的体型。因为他来过我们家很多次,妈妈和我也去过警察局很多次。

那天,刑警应该比较过少年腌黄瓜一般的脸孔和申政俊英朗的面容、少年的廉价世界杯T恤和申政俊的学院风衬衫、单身母亲和会计师父亲、全班第二十名和全校第十名、能为双方提供不在场证明的人的可信度,等等。比起谁是罪犯,他一定思考过可以把谁逼成罪犯、应该把谁逼成罪犯。实际上,他的确想这样做。

我像组装乐高玩具一样长久地在想象中拼凑着韩万宇的第二次审讯场景。他一共接受过七次调查,其中第二次调查暗示了案件的真相和后来事态的发展方向。但奇怪的是,每当我想象第二次调查的场景,总会冒出大量的细节,就像突然蹦出很多零乱的乐高小零件那样。这和韩万宇或刑警无关，是我自己的问题。

这次的想象也一样。我写道，刑警望着少年的拳头，心中在想，砸向少女满头秀发的圆形头颅并不需要太大的握力。满头秀发，不知道为什么要用这些不必要的修饰语。圆形的头颅先不说，满头秀发并不会对用砖头击打这件事带来任何变数吧？刑警在审讯室里审问嫌疑人的时候，应该不会想到这种毫无用处的描述吧？当然，他的头脑中也许会猛然浮现出和罪行无关的内容，比如姐姐的尸体展现出的惊人的美丽姿态。实际上是否如此并不重要，重要的是我想象的审讯场景中，这一类的细节总是频频发生。我在通过刑警的想法表达自己的感觉和欲望。如果是这样，那是否意味着我还未从它们当中摆脱出来？是那些洁白而光滑的、不必要的细节，让我将自己的脸整容到像一块拼布包袱。那些过度美丽的记忆已经过去十六年了，难道我还没从它们当中解脱出来吗？

是的，姐姐是那种任何人看一眼都忘不掉的美丽少女。她就是毫无内容的空洞的完美所带来的恍惚感本身，何况当时她只有十九岁。是谁破坏了那美丽的形态？是韩万宇？是申政俊？还是另有其人？现在我知道了，即使不知道那天的凶手是谁，至少我知道了不是谁。不，我还知道凶手是谁，所以我才做出那样的事，我知道我至死都不会从那份罪恶之中解脱出来。

耳边传来妈妈的逗哄声和孩子咯咯的笑声，孩子的笑声就像宣告我的罪的钟声。孩子就要上小学了，我也即将成为学生家长。十七岁的六月之前，我做梦都想不到自己会拥有这样的人生。我从未希望过这样的生活，但我已经在走这样的路。这样的生活到底意义何在？可是，虽然我从没希望过这样的生活，却无法说自己不曾这样选择。

诗，二〇〇六

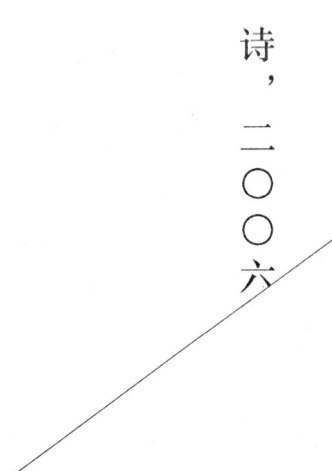

夕阳西下时分,我走下图书馆前的台阶。迎面走来一个身穿米色雪纺衫、黄色半裙的女学生。前一天终日下雨,宽大的水泥台阶上,无法被阳光照射到的边角一带湿湿的,呈现出一片深灰色。女孩顺着湿漉漉的台阶拾级而上,我将视线移开,后又望向她。移开视线也好,又看向她也好,我都是不由自主地。女孩很瘦,皮肤有些黄,这种印象或许跟她穿了黄色的衣服有关。随着距离拉近,我终于看清,她身上穿的不是衬衫和半裙,而是一件由上到下黄色逐渐加深的渐变色连衣裙。肩膀的部分差不多是白色,裙摆那里却是接近橘色的深黄色。但是最吸引我注意力的不是她身上这件光谱一般的衣服,而是衣服上方的脸孔,尤其是脸上的表情。不,那不能被称作表情,她并未做出任何可以称之为表情的表情。所以,吸引我全部注意的是她的面无表情。

这种面无表情的表情唤起我一种难以形容的奇特感觉,我从未在其他年轻女孩的脸上看到过有如此之多奇怪意象混杂的表情。她的面无表情并不是没有表情,而是在于表情的难以解读。她的脸既熟悉又陌生,明明很久以前见过,但又似乎从未见过;既无法说认识,又不能说不认识;既让人想回避,又让人想细看。她的脸并不难看,也不凶恶,相反,可以说还有些漂亮。她身后是淡红色的晚霞,这让身着黄色连衣裙的她看起来像一个巨大烟花的明亮引信。只是在这华丽景象的背后,投下的却是那未干的台阶边缘湿漉漉的灰色阴影。

意识到我的目光,女孩回头看了我一眼,那种故作生疏的神色从她眼中一闪而过。看来她是认识我的。莫名的恐惧攫住我,我差点就要转身逃往台阶旁的草坪。但同时,想知道她是谁的欲望也更加强烈。我斜穿过宽大的台阶,朝她走去。她停下脚步,向我点头行礼。瞬间,一个遗忘已久的名字脱口而出。

"是多彦啊!"

"你认出我了啊。"

她说。原来她真的是多彦,海彦的妹妹多彦?她说话的语气也像她的脸一样让人感到陌生。当然能认出了,我回答。但其实直到刚才我还无法确定她是否真的是多彦。我甚至做好了准备,如果她回答不是,就立即道歉,然后走下台阶。

"你真的……"我刚一开口,多彦的脸上就露出我知道你想说什么的表情。我赶紧改口道:

"太瘦了!"

多彦淡淡地笑了一下。

"尚熙姐还是跟以前一样。"

"姐"的称呼和"以前"这个词让我感到很悲伤,但更让我悲伤的是多彦的微笑。以前的她不是这样笑的。以前,或者说几年前,多彦还是个会咧嘴高声大笑的孩子,像滑下山坡的自行车的车铃那样发出清脆的丁零零声。我不觉伸出手拉住多彦的胳膊。

"不忙的话,找个地方喝杯茶吧。"

多彦似乎充满了警惕,身体微微颤抖了一下。我手中的胳膊肘是那么地瘦。她真的太瘦了,瘦得吓人。

爸爸从部队退役的时候，我正读高二。爸爸在家中赋闲的那几个月，家里的空气越来越凝重。怎么这么不顺，妈妈动不动就这样咕哝。烤海苔的时候发牢骚，盛汤的时候也发牢骚，怎么这么不顺。那次我没考到全班第一，妈妈知道后大声鼓起掌来，嘴里故意连连说出一些让人难过的话："这下好了，本来也没钱送你上大学，这下好了！"幸好后来爸爸经一位认识的上司介绍，去了首都圈的一家中小企业工作，于是我们全家从忠清道搬来了首尔生活。

十一月末，我怀着些许兴奋与期待转学到了首尔的一所高中。这所学校是男女混校，但分男生班和女生班。尽管我既兴奋又激动，现实却是，我和班里的孩子们——那些首尔的孩子们——根本没有机会走近。那时第二学期即将结束，体育老师是我们的班主任，他很忙，完全无暇照顾我这种转校生。后来听说他只热衷于股票投资，因此总是把自己的课都调到上午，上完课午饭都不吃就消失得无影无踪，班里的放学礼几乎都是班长代他完成的。至于我，包括班长在内的所有孩子都像约好了一般，竟然从来没有一个人跟我说过话，想来真是不可思议。我被彻底地孤立在牢固又密不透风的关系之墙外。

做梦都没有想过,我会如此思念曾经生活过的忠清道的小山村和那里的学校。从官舍[1]往下通往学校的那条蜿蜒的小路,覆盖着沉重的暗灰色铁皮房顶的一间间房屋,院子一角的晾衣绳上五颜六色的晒衣夹,起风时风车上飞速转动的蓝色风向标,村子中央的那棵橡树和右边枝丫上深色棉花团一般的鸟窝。

我就像流浪汉那样孤独,但为了保护自尊心,只好拼命地摆出埋头学习的样子。不学习的人是不太可能真的装出努力学习的样子的,所以我是真正做到了只埋头于学习。那年冬天独自上下学的路上,首尔街道的寒冷让我刻骨铭心。我只希望快点升入新的年级,在一切还未成型之前,尽快混入那柔软、流动的关系中,逐渐结识新的属于我的朋友。因此,寒假结束回来即将升上三年级的前夕,班里的同学一个个咋咋呼呼、满脸悲伤地和好朋友告别时,我却可以愉快地冷眼旁观。

---

1 政府为官员所建的官舍、府舍、府邸。

直到分完班，孤零零地坐在三年级三班教室里，看到四周同学都三三两两聚在一起交头接耳，我终于陷入"怎么这么不顺"的绝望之中。其他同学都有过去两年结下的交情可攀，只有我是孤家寡人。真是不顺啊，太不顺了，我在心里这样说着，一边束手无策地环顾四周。这时我看到了她，不由得呆住了。那是一个眼睛大大、眼角像斜放的杏仁一样上扬、嘴唇像花瓣一样红润的女孩。真的很漂亮，但她的漂亮不是普通的漂亮，而是一种，怎么说呢，像呜呜呼叫着飞驰而过的救护车警笛一样紧急和危险的美。我无法移开视线。

但就在下一个瞬间，我更惊讶了。那个漂亮的女孩正目光锐利地瞪着另外一个女生。那个女生一直望着窗外，然后漫不经心地把头转向教室里，那一瞬间，她的侧颜带来的惊艳就像空中绽开的降落伞一样，哗的一下在我面前绽放。我被一阵似乎要爆炸的灼热感包围着，那是无法轻易面对的非现实的美，以至于我产生了一种错觉——眼下所处的教室是一个虚拟或有魔法的空间。惊愕之余，我想，莫非这个班级全都是这类女孩子？于是环顾四周，看到其他同学的脸，我才稍稍安心。

这便是全部，再无其他了。也许是目睹过了那摄人心魄的美，再看其他同学的脸，便觉得异常丑陋、黯淡、比例不协调。幸好那些琐碎的平凡将我带回了现实世界。我带着厌恶感和安心感看着她们，同时能感觉到她们也带着同样的感情在看着我。班主任是一位上了年纪的数学老师，在他走进教室之前，我们就像缺少某种核心性的东西，变成了数学中补集一样的存在，无不忧郁，且满怀沮丧。嘴唇红润、眼睛像杏仁一样的尹泰琳也不例外。泰琳的美毋庸置疑，但在海彦绝对的、压倒一切的美貌面前，泰琳看起来也似乎跟我们没有太大区别了。

后来才知道，海彦的妹妹多彦那一年也来到了我们学校。海彦本来就是学校内外声名远扬的人物，很快多彦也成为校内大家关注的焦点。这并不是因为多彦是海彦的妹妹，而是姐妹二人实在过于截然不同。海彦有着梦幻般的脸孔，加上雪白的皮肤、高挑的个子、修长的四肢。多彦与此正相反，她的长相很普通，个子也不高，而且有点胖。海彦的相貌是上天赐予的礼物，但她的成绩并不理想,属于中下游,而多彦入学时作为新生代表进行了宣誓,是全校第一的优等生。海彦总是很冷淡,话也不多,不爱笑,多彦则对一切充满好奇和热情,待人和善,做事利落,是学校里最爱笑的学生。

姐妹二人的角色也颠倒了,妹妹多彦更多地照顾着姐姐海彦,海彦反而更像是妹妹。上学的时候,多彦总是在踏入校门之前拉住海彦,替她前后检查校服有没有问题。结果有时候,白衬衣上沾有圆珠笔墨迹或汤渍的反倒是多彦,往往引来旁人的阵阵笑声。一年级放学早,多彦总是站在我们班外面的走廊里,好等我们放学礼结束后跟海彦一起回家。海彦一般都乖乖地听多彦的,但偶尔哪次不高兴了,就会想方设法甩掉多彦。每当这时,在走廊或操场上便能看到这样的情景:挥动着女神一般白皙修长的四肢优雅逃走的海彦,以及为了抓住姐姐,一边大叫一边像野兽一样拼命加速奔跑的多彦。不管对老师还是对学生来说,这都是件趣事。多彦就是有这种能力,那是一股把海彦那非现实的、压倒一切的、冰冷的美貌带进我们的现实世界,然后融化进我们的笑声的生动、蓬勃又温暖的力量。

我和多彦曾有机会私下接触，那是通过文艺部的活动。我是二年级第二学期末才转来的，课外活动小组选的是文艺部。负责文艺部的年轻的国语老师非常尽职，对晚加入的我也非常关心，不但经常称赞我写的诗，还让我在所有人面前朗读。上了高三本来可以不参加课外活动小组，不过国语老师说，如果压力不是太大，希望我能继续参加文艺部的活动，同时为了不浪费我们的时间，老师会挑选大学入学考试经常出题的诗歌和小说，让大家一起阅读和讨论。我自然没有理由拒绝，于是欣然应允会继续参加活动到第一学期末。进入高三后参加的第一次文艺部活动，我发现那里多了很多一年级的新生，其中就包括脸颊像山区少女一样又圆又红的多彦。多彦写的诗非常新颖、有创意，但是正如她本人所懊恼的，她的诗缺少那种犀利的锋芒和破坏力。有时她会像议论别人那样咕哝着说，不漂亮的东西还费尽心思想写得漂亮！有时又大叫着说真想把自己出生以后学到过的关于诗的东西都一键删除或者格式化；还有的时候会一边小声咕哝着什么，一边用胖乎乎的拳头捶打自己的脑袋。每当这时候，我总是一边对她的郁闷深感共鸣，一边又忍不住偷偷发笑。当时我的固有印象是，用不安的瞳孔或下巴的痉挛来证明情绪上敏锐的起伏，这才是天才诗人应有的样子。虽然从未见过或听说过，但我莫名坚信天才诗人就应该是那样的。而这和多彦那可爱、淳朴的碎碎念以及那小熊般圆圆的身形，实在相去甚远。

尽管在一个班里相处了将近半年的时间，但如果有人向我问起海彦是一个怎样的人，除了每次看到她时因为她过分的美貌受到的种种震撼，我不知还能说什么。但如果向我问起每周一次在文艺部一起度过一个多小时的多彦，我一定有很多想说的。比如每次谈起诗时多彦那丰富的表情，知道我们喜欢同一个小说家后多彦呼一下拥抱过来时的重量和体温，不需要他人刻意寻找也能告知自身坐标的多彦那爽朗的笑声……虽然我们只相差两岁，可每次看到多彦，我都会陷入一阵老太婆才会有的那种懊悔之中——我在高一的时候也像多彦那样，有过青葱火热的青春吗？

那年六月，韩日世界杯开赛。韩国队捷报频传，就连身在高三的我们也不禁被这股狂热所席卷。直到六月三十日世界杯闭幕时，我才意识到第二天就是七月了，不免一阵心慌，可除了下定决心暑假再拼命学习，别无他法。七月一日星期一是世界杯临时公休日，所以我们七月二日才上学。从那天起便空着的海彦的座位一直空到了毕业。海彦被人用钝器袭击头部杀害，七月一日下午，她的尸体在学校附近公园的花坛里被发现。此事件轰动了整个学校，所有人受到的冲击比世界杯的时候还要大无数倍。

暑假来临之前，各种来源不明的小道消息充斥着我们的耳膜，所有人都忙于分析和传播这些传闻，不管老师们如何制止都无济于事。自诩消息灵通的同学还会在黑板上画图或标记数字，给大家介绍案件情况。这样做的结果便是，一度以为"头部损伤"的意思是"像摔得稀烂的豆腐一样受到损伤"[1]的差生也很快可以张嘴闭嘴说着专门的犯罪用语来推定罪犯。

一开始，申政俊是最可疑的嫌疑人，但很快他的

---

[1] 韩语中"头部"与"豆腐"的发音相同。

嫌疑便被排除了。海彦的死亡时间推定为六月三十日晚间十点至七月一日凌晨两点之间,也就是我在房间里看着台历、为第二天便是七月份而焦虑的那段时间。可是,政俊有那段时间的不在场证明。六月三十日下午六点左右,政俊确实开自己的车——准确地说应该是他姐姐新购入的车——载着海彦在马路上兜风,但是七点左右他便让海彦下车了。之后申政俊便跟自己的死党们——都是些有钱人家里的孩子——一起吃晚饭,他们在一家非常高级的寿司店的单间点了最贵的招牌菜和日本酒,其间观看了巴西队与德国队的决赛。十点左右,他们去了一家有名的夜总会跳舞,还喝了洋酒,一直到很晚,凌晨时分去了夜总会对面的醒酒汤胡同喝了醒酒汤,后来还喝了解醒酒[1],然后才分开。那天和他一起玩的朋友们、寿司店的店员、夜总会的服务员,以及醒酒汤馆老板的证词都证明了申政俊所言不虚。当然,政俊最终由于无证驾驶被处罚款,另外还由于出入娱乐场所受到停学的处分。停学期结束后,政俊也没有再来

---

[1] 解醒酒,俗称回头酒,醉酒初醒后喝的酒,为的是暂时保持内脏熟悉的"中毒"状态,以缓解新陈代谢所致的醉醒骤变带来的不适感。

学校，听说在停学处分下达之前，他已经申请了退学，然后去美国留学了。若是如此，学校所谓的停学处分有何意义呢？不过这毕竟不是什么要紧的问题，没有人纠结这个。

排除了申政俊，还有一个人的嫌疑非常大，那就是韩万宇。据说，作为目击者，首先他所陈述的自己看到金海彦坐了申政俊的车的证词中，有几处细节非常可疑，而且可信度不高。关于万宇做伪证这件事，有人说万宇为人呆傻，所以喜欢胡言乱语；有人说万宇精心编造了谎言，结果被精明的警察找出了破绽；还有人说都不是，是尹泰琳推翻了万宇的证词，凡此种种，众说纷纭。但最重要的一点在于，万宇缺少确凿的不在场证明。他说六月三十日自己在十一点之前在炸鸡店打完工，十一点半左右就回到家里睡觉了。而能证明这一点的只有他的妈妈和妹妹。妈妈在二十四小时营业的醒酒汤店里上夜班，当时不在家，而妹妹那时在睡觉。妹妹表示自己在睡梦中听到了哥哥进门的声音，但警察对她的说辞并未采信。据说万宇因为不肯坦白说出罪行受到拷打、威胁和诱供，但因为缺少决定性证据，杀人动机也不够充分，最终被放了出来。之后警察仍旧动不动就会上门，对他妈妈和妹妹各种盘问。围绕着罪犯是申政俊还是韩万宇，同学们分成了两派，乍一看似乎认为罪犯是韩万宇的人更多。也许是他们的声音更大，阐述起理由也振振有词，所以才给人这种感觉吧。而主张申政俊是罪犯一方的同学不知为何总是小心翼翼的，不太敢高谈阔论。即便如此，或者说正因如此，同学们的内心深处似乎已经顽强、坚定地被他们一方所说服。

暑假结束后韩万宇也没有再来上学，校方表示他申请退学了。没有人知道这是万宇本人做出的选择，还是学校示意他这样做的。海彦的妹妹多彦也转学了，据说他们一家搬到了很远的地方。和案件有关的学生当中，还留在学校里的就只有嘴唇红润、眼角像杏仁一样上扬的尹泰琳。

进入三年级第二学期，学校变得异常安静。不知其他班级是什么情况，比如申政俊班、韩万宇班，还有金多彦班。总之我们班是这样。当然，也不是一整天都没有一点声音。同学们依然会窃窃私语或打闹，这样一来，便难免会有人大笑或尖叫。但跟以前不一样的是，笑声和叫声不会传出太远,而是会原地凝固。笑声和叫声戛然而止的瞬间,可怕的静寂便会沉重地笼罩整个教室。我们集体陷入同一种负罪感,教室也变得像真空管那般寂静。一股奇异的忧郁和难过沉重地踏过我们的眉间,扬长而去。

很长一段时间里,每当我看向窗边的空位或经过文艺部前面的走廊时,都会感觉海彦和多彦姐妹消失的位置又出现了一个透明的空间。我甚至在教室、走廊或操场上发觉过她们无形的存在,或感知到一种无形的响动,因而十分惊慌。其他同学应该也有过这种经历,但我们最终慢慢恢复到了从前的样子。日益迫近的大学入学考试带来的鲜明、暴力的重压渐渐消解了其他一切精神上的冲击。对,只是有几个人遭遇了变故罢了,有的出国留学,有的转学,因为种种原因离开罢了。即便如此,我们不是还在这里吗?真是要命,一切都还是老样子。这样活着算什么?这叫活着吗?就这样,那一事件在我们的生活中彻底画上了句号。我们参加了大学入学考试,从高中毕业了。也许是没有了跟海彦的比较,也许是本就处于花季,毕业典礼那天见到的泰琳看起来比以前更漂亮了。她就像个唰的一声吸走所有东西的吸附器,强烈地吸引着大家的视线。

多彦和我一起去了图书馆的咖啡厅。我问她想喝点什么,她说什么都不喝,只要一杯水。我端来一杯柠檬水、一杯美式咖啡,还有一杯水,我把水和柠檬水放到多彦面前,把美式咖啡放到她对面的位置后坐了下来。从近处看,多彦脸上化着很浓的妆。

作为大学里的学姐,我想尽量挑一些寻常的话题来聊,比如读什么系、将来有什么打算、受欢迎的讲座或社团、周边有名的美食或酒吧等。我说自己现在是大四,所以她现在应该上大二吧。没想到多彦回答说在上大一。我问她是重修过吗,她告诉我高中的时候休学了一年。我点了点头,完全可以理解。姐姐被杀害,到现在案子都没查清,案犯也没有抓到,换作是谁都不可能安然自若地继续上学。何况多彦一直像照顾妹妹一样关心着海彦,这份痛苦要怎样……正想到这里,多彦突然冒出一句话,打断了我的感伤。

"是那时做的。"

没头没脑的一句话，我却瞬间听懂了。这份痛苦要怎样……怎样……原来如此。

"整过一次容，就会再整下一次。"

我点点头。原来如此，原来一直在进行着。是带着海彦的照片，要求做得跟照片中一模一样吧，或许同时还减肥了。这样猜测着，我们之间的对话已经渐渐偏离了我的初衷。

"整完之后好一些了吗？"

"好一些？你指什么？什么好一些了？"

因为多彦毫不避讳地说出了自己整容的事，所以我也顺口问出了自己的问题，但她的回答让我十分狼狈。

"不是，我是说，心情……心情，怎么说呢？比起整容前……"

没等说完，我已经开始怀疑自己的眼睛和耳朵。多彦发出"啊"的一声呻吟，摇着头说："听得真是难受死了！"脸上露出无比厌烦、难以忍受的表情。可能是整容留下的后遗症，她的脸部皮肤不自然地扭曲着，表情看起来有些狰狞。多彦的出言不逊和脸上怪异的表情让我很伤心，我在想自己是否有必要忍受这么无礼的态度，要做出回击吗，还是淡然地起身、无声地离开？我不知该做何判断，陷入混乱。这时多彦转过头，怒视着邻座。原来有三个男生正在高声讨论着两个小时后即将举行的韩国队和塞内加尔队的热身赛。

安心之余，我松了一口气。幸好多彦不想听的不是我的话，而是关于足球的讨论。我能理解。毕竟四年前的世界杯和海彦之死就像连体婴儿那般，提起其中一个，另外一个自然也会随之出现。我一言不发地喝着咖啡，抬眼观察多彦。多彦僵硬地转过身背对着那几个男生，摆出一副什么都不想听的姿态，看起来就像一只黄色的甲壳动物。她整容的结果是，总是让人想起海彦，但两人绝非一模一样，根本不可能一模一样。如果你能想象出海彦美人迟暮的模样，那么现在的多彦看上去则像是硬要把年老的海彦复原成年轻时的模样。多彦就像一个介于从前的海彦和老去的海彦之间的存在，不完全属于任何一方。那么多彦，从前的多彦去哪里了呢？

多彦瞄了我一眼，笑了。不，像是生气般动了动嘴角。

"所以尚熙姐，你为什么要和我来这种地方？"

我不知道该怎么回答。这种地方是什么地方？我怎么知道图书馆的咖啡厅里会有男生讨论世界杯？就算去别的咖啡厅，谁可以保证那里就没有人谈论世界杯？尤其是在今天这种有重要的国家代表队热身赛的日子。

"来到这种地方，"多彦接着说，"你就以为我会一直'姐''姐'地叫着，然后开始讲这几年发生的事情对吧？这样你就可以一脸同情地安慰我、鼓励我，告诉我实在难受了可以找你，再拍拍我的背，装出知心大姐的样子。对吗？"

多彦仍然似笑非笑地提起嘴角，我感到一阵眩晕。也许多彦说的是对的，我希望看到的就是那样的场景吧。所以我才更加感到晕眩和混乱。伴随着奇怪的羞耻感，我内心涌起一股想要攻击多彦的冲动。就像想去踢生病的狗，只因为它冲着我咆哮，我知道这样不对，但还是想说一些让多彦伤心的话。我想她都那样做了，我也可以这样。不过，等一下，我调整了一下呼吸。在那之后，多彦应该见过很多我这样的人，他们来安慰她，却惊讶地发现她充满了攻击性，因而感到震惊或愤慨。

这是完全可以理解的,所以还是算了吧。不管我说什么,最后都不过是成为那些人中的一员。

多彦喝了一口水,拿起自己的包。杯口留下了红色的口红印。她根本没碰我买的柠檬水。多彦想要起身,最后又问我:

"对了,和尹泰琳有联系吗?"

我说同学会上偶尔遇到过几次。多彦从包里拿出手机。

"姐的联系方式告诉我吧。"

我像个傻瓜一样愣住了。

"谁……我的吗?还是泰琳的?"

多彦轻轻撇了下嘴角。我觉得那应该是在笑。

"尹泰琳算什么姐姐?你才是姐姐嘛。"

我赶紧说了一遍自己的手机号。多彦双手握着手机,存下手机号。存完后,多彦抬起头,我没问她的手机号,只问她现在住哪里。

"就是那时搬去的地方。"

我不知道当时她搬去哪里了,但还是点了点头。

"目前是和妈妈一起住,但我打算尽快独立。不,我早晚都会独立的。"

我不知道她这样做是对还是错,仍旧只是点点头。

"不过,尚熙姐。"多彦歪着头好奇地问道,"你现在还写诗吗?"

突如其来的问题让我红了脸。"不了,不写了。"我回答,同时摇摇头。

"啊,这样啊。"多彦看了一眼柠檬水,然后侧头说道:

"柠檬……点心。"

我说:

"贝蒂·伯恩……小姐。"

多彦的眼睛亮了一下。从她的目光中,我感受到了曾经的多彦身上那种蓬勃的生气。不知多彦是否也从我的眼睛里读到了什么。

"还记得吗?姐。"

"记得呢。"

"我一直希望姐能继续写诗。"

我本来想问为什么。

"要是尚熙姐和我姐姐能换一下就好了,我曾有过这样的想法。我那时特别喜欢跟你说话，如果能回到那个时候……"

多彦像一个百岁老人那般，深吸一口气，吐出来。

"对不起，姐。我也很讨厌我自己。以后……有机会……我会联系你的。"

留下这句话，多彦便离开了。她的长发、黄色连衣裙、白色的包和白色的皮鞋从我的视线里消失了。我独自坐在图书馆的咖啡厅里，喝着已经冷掉的咖啡。为了在世界杯决赛中战胜多哥队，在与塞内加尔队的热身赛中韩国队应该先派谁出场——一直激烈地讨论这一问题的几个男生也起身离开了。我喝完咖啡又开始喝柠檬水。灯光照明应该没有变化，可能是因为外面变黑了，所以咖啡厅里也显得更加昏暗。我突然回忆起刚转学来首尔、独来独往的那段时期。没有人跟我说话，我一个人吃饭、一个人学习、一个人回家的那些寒冷的冬日。

多彦问我有没有继续写诗。她一度非常迷恋我写的诗。听从父亲的想法进入师范大学以后，我就再也没有写过了，也没有人问过我还写不写。多彦说希望我能继续写诗,没有其他人对我说过这类话。不只是多彦失去了什么,我也失去了一些东西,而且这种失去于我而言可能更为致命。对多彦来说,她很清楚自己失去的是什么;相反,我连自己失去了什么都不知道。就是这样的我,坐在那里观察着多彦,一边听着她的话,心里想着这是可以理解的、那也是可以理解的,一边装作一脸包容地频频点头。可一旦发现自己的内心被多彦看穿,我便勃然大怒,甚至产生了攻击她的冲动。我在心里问自己,我也想回到那个时候吗?迷恋乔伊斯,写出"卖柠檬点心的贝蒂·伯恩小姐"这类诗句的那个时候。如果真的可以,我会那么做吗?我无法回答。我还记得那首诗的第一节。

今天的点心又烤煳了

一无是处啊,我们的贝蒂·伯恩小姐

黄柠檬，二〇一〇

我的高中毕业典礼和大学毕业典礼，家里没有一个人参加。爸爸和姐姐自然无法参加，妈妈不参加……想想也是理所当然的。我自己都没有参加。

姐姐死了以后，我们搬去了京畿道新城，我也转到了那里的高中上学。不同于之前的学校，这个学校不是男女混校，而是一所女校。刚开始那段时间，因为我和妈妈都在缓慢地下坠，所以我们甚至不知道自己在下坠。妈妈每天去店铺打工，我每天上学。不知妈妈的情形如何，我变得越来越无所适从，虽然不愿意承认，但我已深深陷入自己可能并不是那么爱姐姐的困惑之中，那是一种令人悲伤和痛苦的困惑。不是不爱，而是不曾爱过。因为是过去式，如今已经无法改变，不可挽回。

不知从哪个瞬间开始,速度开始加快。我们为了从所有的传闻中解脱出来,为了尽可能少地感受到姐姐的离开,才来到一个新的空间。可这个陌生的空间持续刺激着我们的神经,时刻让我们毛骨悚然地回想起导致我们搬家的那起可怕命案。头脑中像水滴一般凝结的空白开始像气球一样呼呼地膨胀起来。世界变得越来越远,越来越模糊,最后消失。妈妈和我霎时间坠落——妈妈不再去店铺打工,我也休学了。有时我们一连几天都在睡觉,有时却又一连几天睡不着。我们忘记了吃饭,也不记得要洗漱。我们不知道当务之急是"要爬上去"这个简单的道理,就那么长久地蛰伏在井底般潮湿的黑暗之中,像死去一般。回想起来,我觉得当时那种完全被动的无助状态反而更舒服、更安全。那时候我心里只想着姐姐,为了回忆那些和姐姐有关的模糊记忆,我常常一连几天沉浸其中,无法自拔,仿佛世界上再没有比这更重要的事了。妈妈应该也是一样的吧。毕竟各自的负罪感都要由各自去承受。

姐姐原来的名字叫惠恩，金惠恩。名字是妈妈取的，爸爸也同意了。当时由于妈妈得了严重的产后病，新生儿出生登记晚报了一个多月。爸爸是庆尚道人，发音不标准。那段时间，爸爸总是"海彦啊，海彦啊"这样叫姐姐。后来妈妈听多了，觉得海彦这个名字倒也不错，心想也许海彦比惠恩好呢，反正就算取名叫惠恩，爸爸还是一样会叫海彦，不如将错就错。就这样，姐姐成了金海彦。

如果那时姐姐叫惠恩，我应该会叫多恩吧。多恩，多彦，我也不知道哪个名字更好。对我来说这没什么，对姐姐来说却不一样。姐姐死后，妈妈突然对惠恩这个名字执着起来。可能她认为，都是因为无端改了名字，才发生了那样的事。后来，死去的姐姐变为惠恩又回到了妈妈身边。这不是比喻，而是事实。姐姐死后又过了十年，一个真实存活于世的婴孩投入了妈妈的怀抱，她叫惠恩。这是我送给妈妈的礼物。

据说，爸爸特别宠爱姐姐。姐姐是那样漂亮的一个孩子，漂亮得让人无法不爱她。我想象着姐姐婴儿时期的样子。婴儿原本就是无忧无虑、可以随心所欲、只忠于本能的一种动物。也许可以说，姐姐度过的人生就是最像婴儿时期的那种生活。不会说话也没关系，不懂得维持关系和分享感情也无妨，那个时期的姐姐是最完美的创造物。听说爸爸走到哪里都带着姐姐，自豪极了。所有见到姐姐的人都毫不迟疑地说自己这辈子从未见过长得这么好看的孩子。

爸爸不用承受姐姐之死所带来的伤痛真是万幸。记得爸爸从一盒新烟里抽出第一支烟的时候，常常不小心把烟折断，每当这个时候他便会面红耳赤、勃然大怒。爸爸的人生就是这样平凡，值得他大动肝火的也不过是这种小事。姐姐上小学的前一年，也就是姐姐七岁、我五岁的时候，爸爸和同事一起去地方[1]出差，结果在一个三岔路口出了车祸，当场死亡。是那位同事开的车，爸爸坐在副驾驶的位置上，就像姐姐那时坐在申政俊开的车的副驾驶座上那样。当时他们的车停在T字形岔路口等红灯，绿灯一亮他们就左转了。这时从右

---

1. 指首都首尔以外的地区。

边猛地开出来一辆卡车，由于躲闪不及，和他们的车重重地撞到了一起。整辆车就像被拦腰折断的香烟那样被撞弯，前门也凹了进去。把爸爸救出来花了很长时间，没等到从车里被救出来，爸爸便咽气了。死因是猛烈的撞击导致的头部损伤，和姐姐的死因一模一样。

亲戚们都在议论，说爸爸死后妈妈像变了个人似的。他们说爸爸的公司和保险公司应该赔了不少钱，可妈妈还是拼命地只顾赚钱。妈妈去了朋友的店里打工，家务全落到了身为大女儿的姐姐身上。一开始便不应该这样，因为家里从此变得一团糟。爸爸的死和妈妈的变化是否给姐姐带来了创伤？我想也许有一些吧，怎么可能不受伤。但我并不认为姐姐的性格因此发生了改变。姐姐就像一块坚硬的岩石，不是那么轻易改变的。

后来我承担起了家中的一切家务。六岁的时候，我已经会使用家里的吸尘器和洗衣机，七岁的时候妈妈允许我用火，于是我学会了淘米、用电饭煲做米饭，还学会了打开燃气，用豆腐和金枪鱼煮泡菜汤。虽然差不多整天都在一起，但我不了解姐姐内心的想法。不，姐姐好像没有任何想法。她什么也不做，什么也不想；不为任何人着想，也不会伤害任何人；不在意任何人的眼光，也不对任何人感兴趣。姐姐是那种当自己不受任何干扰、处于无为状态时，看起来最幸福、平和的人。她基本不怎么说话，这并非故作清高的有意之举，也不是刻意出于这样的深谋远虑，但对于当时的姐姐来说，确实没有比这更好的策略了。无声地凝视着对方，或只简短地回答一句，然后漫不经心地转过头去，这种克制与优雅让姐姐的美貌又多了一层耀眼的威严。

姐姐对于身体物质性的自我意识非常涣散、薄弱，她无法理解肉体与生俱来的沉重的宿命，也不懂得外貌给人带来的喜悦和痛苦。在她看来，自己身体的美和偶尔在海边拾到的漂亮的卵石之类的差不多。她知道，向他人展现自己的美，在诸多方面都对自己有利，所以她也会利用这一点，但她并不了解自己外貌的真正价值。她就像一个不懂珍珠和卵石的差别的小孩子一般，无欲，无求。

记忆里我从未因为食物或玩具和姐姐吵过架。不过，这并非好事，反倒让我有些怅然若失。姐姐总是给我一种强烈的异质感，她从不贪嘴，所以我总能尽情地去吃自己喜欢的东西。但如果姐姐饿了，情况就不同了。这时的姐姐就会变成一个完全不懂得换位思考、没有同理心的人，和她谈什么规则、体恤都是行不通的。这个时候的我只能静静地在一旁等待。只要能填饱自己的肚子，姐姐甚至能面不改色地抢走饥饿的孩子或老人手上的面包。这时的姐姐看起来既像一只野兽，又像一个呆子，甚至像一个精神病人。但是那段时间一过，姐姐看起来又像是一个超脱的圣人。当她不穿内衣，只穿一件舒适宽松的睡裙，两个膝盖微微张开，以一副毫无戒备的姿势坐在那里或躺在那里望着空中时，看上去既美丽，又令人担忧。

虽不频繁，但妈妈确实打过姐姐。不是打定主意以后打的，而是像突然蹿上来的喷嚏那样猝不及防的抽打。在家里的懒惰和对学校生活的懈怠占一方面原因，但最主要的还是因为这么大的女孩子总是不记得穿内衣。那天姐姐放学回来后，身上不但没穿胸罩，连内裤也没有穿,妈妈举起手想打姐姐,可不知怎么又呆呆地放下了。妈妈一言不发地看着已经是初中生的姐姐,就像是第一次见到。在一脸天真地仰头看着自己的姐姐那美丽的脸上,我不知道妈妈看到了什么,只见妈妈身体微微颤抖着,然后向着某个方向郑重地点了点头。像手捧着无比稀有、贵重之物的人们那样,妈妈的表情因为无限的希望和自豪,连同它带来的沉重的责任和决意而闪耀着光芒。

从那以后,我便开始负责检查姐姐的内衣,就像负责做家务那样。出门前我总是拉住姐姐,前后检查她有没有漏穿什么。和姐姐读同一所高中后,每次我都要在校门口再检查一遍才能放心。毕竟读高三的姐姐已经是个大姑娘了,大姑娘不穿内裤和胸罩可不得了。

那一年世界杯期间,我脸上长满青春痘,成了名副其实的"红魔"[1]。虽去皮肤科接受了治疗,痘痘却轻易不肯消失。最后我只好说自己为了呼应世界杯 T 恤

---

[1] 指韩国足球国家代表队,以及身穿红色球衣的球迷、啦啦队。

的红色，故意把脸弄得红红的。

世界杯结束后的第二天是临时公休日。那天晚上电话铃声响起时，我正在浴室里专心地粘贴卫生巾的护翼，我等待着电话铃声戛然而止。可它就是一直响个不停，我只好胡乱提上内裤，弓着腰忍着经痛出来接电话。电话里说找金海彦的监护人，我把妈妈打工店铺的电话号码告诉对方，然后挂断了电话。回到浴室，我气喘吁吁地褪下内裤，想把卫生巾的位置弄正，无意间抬头，看到了镜中那长满快要化脓的痘痘、千疮百孔的脸以及下身沾满血的黑毛，真是一个丑陋的红色魔女。我在想自己怎么长得这么难看，如果我是姐姐就好了。再次低头时看到沾有暗红色血液的卫生巾，瞬间我突然呼吸急促，快要窒息。刚才打来电话的是谁？为什么要找姐姐的监护人？

很快妈妈便打来了电话，让我看看姐姐在不在家。我找了姐姐的房间、里屋，还有我自己的房间，然后告诉妈妈姐姐不在家。妈妈声音颤抖着告诉我不要出门，把房门锁好，老老实实待在家里。那天晚上妈妈很晚才回来，浑身被雨水淋透。我不知道外面下雨了，看到妈妈拖着淋湿的身体一下子瘫坐在客厅的地板上,我赶紧拿来一块干抹布。

"惠恩死了!"

妈妈说。我无法忘记当时妈妈的声音,她说出的是"惠恩"而不是"海彦"。不知哪里传来妈妈喊着"惠恩""惠恩"的声音。"我们家惠恩在这儿呢!""在这儿呢,我们家惠恩!"

现在想来奇怪的是,前一天夜里姐姐没有回来的事情,我和妈妈都不知道。那天我一直以为姐姐一整天都在家里。姐姐对世界杯不感兴趣,我自己看完了巴西队和德国队的决赛,然后一边吃拉面一边看完了闭幕式转播。很晚才从店里回家的妈妈看到房门没有锁,并没当回事,也没想到提醒女儿们注意。

没有人知道前一天下午五点半左右姐姐为什么出门。姐姐从不出去散步什么的,那天她身上没带钱包,看起来也不像是出去买东西。更奇怪的是,姐姐竟然坐了申政俊的车。对于自己不情愿的事,姐姐一般不会勉强答应别人。姐姐坐他的车并不是被强迫的,洗衣店老板娘的证词也证实了这一点。那么姐姐到底为什么在洗衣店前坐上了申政俊的车？她打算坐车去哪里？七点左右她从申政俊的车上下来后又去了哪里？她身上没带钱，不可能坐公交车或地铁。那么，她的尸体被发现的五站地外那个公园，她是步行过去的吗？在那里她遇到了谁？又是被谁杀死的？

深井一般黯淡的日子终将迎来终结。一天，妈妈拿起一样样东西看过之后把它们分门别类放好或装好。我看着妈妈，好一会儿才明白过来，妈妈是在收拾屋子，她在打扫卫生。我也开始打扫，于是悄悄地拿起身边的东西看了看。那是一个瓶身细长、瓶颈弯曲、有个蓝色盖子的管瓶。我久久地把它拿在手里，心想要把它放到哪里。我好像知道，又好像不知道。里面的东西是稀薄的，还是黏稠的？直到隐隐闻到里面散发出的刺鼻气味，我才终于可以将它归类进那个上面画着红十字的药箱里。因为刚开始我没分清那是液体膏药还是胶棒。就这样，我们重新回到现实之中。至少当时我是那样想的，我们终于解脱了，终于活过来了。妈妈决定重回朋友的店里上班，我也打算假期一结束就回学校上课。可是，我们并没有回到正常的轨道上。

妈妈为了给姐姐改名去了家庭法院[1]。她说想给女儿改名，工作人员递给她申请表，并且告诉她需要提供哪些材料。回到家里，妈妈工工整整地在改名申请表上写上了姐姐的姓名，又填上了代理人，即妈妈本人的姓名、住址以及其他个人信息。改名原因一栏写的是，本名是金惠恩，但出生登记写错了，现在想更改过来。去家庭法院递交材料时，工作人员要求妈妈提供相应材料。妈妈说自己的女儿已经死了，无法提供亲属关系证明。工作人员有些惊讶，问道："想改名的人已经去世了吗？"妈妈淡淡地回答说："是的。"工作人员说死者是不能改的。妈妈没有放弃，说："活着的人改名和死去的人改名有什么不一样？改个名有那么难吗？"工作人员解释说这不是难不难的问题，而是根本不可能，还反问道："就算允许改名，那更改后的名字要去哪里备案？死者是没有所属单位的，没有文件记录，改名有什么意义？"妈妈说那没关系，只要求准许改名。工

---

[1] 处理离婚、继承等家庭纠纷或少年犯罪事件的法院。

作人员摇了摇头,面色苍白地说:"这不是我想办法就能解决的问题,死者是不允许更改姓名的。"然后将妈妈交的一千韩元印花税放进方形的小盘子,退了出来。妈妈呆呆地望着那张一千韩元的纸币,喃喃自语:"我的孩子都死了,你们连这点忙都不肯帮吗?就这么点忙。"然后拿起钱,像一个没有分到糖的孩子那样哽咽着转身离开了。

从那时起妈妈便只身开始了改名工作,她决定靠自己的力量给姐姐改名。她把姐姐的课本和参考书、笔记本和手册上的名字都改了过来,又拿出相册,把里面姐姐的照片一张一张找出来,执意在反面写上了"惠恩"的名字。爸爸去世以后开始记的家庭账本也是,妈妈把所有有关姐姐支出的项目都用涂改液涂掉,然后把名字改了过来。"海彦"的运动服和运动鞋、学习用品全部变为了"惠恩"的。"你姐姐惠恩啊……"每次提到姐姐的时候,妈妈总是格外注意"惠"字的发音,有时候矫枉过正,听起来反倒像"怀"或"欢"甚至"薇"。听着妈妈的话,我总是想,不正常的不是妈妈,而是不接受我们的改名申请而让事情变得如此复杂的工作人员。死者有什么必要改名?这个问题需要他操心吗?他有什么权力?本来给改一下就可以轻松解决的……

一天,我睡到一半睁开眼睛时,发现妈妈坐在我身边,盯着我的脸看。我不知道她是从什么时候开始这样的。即便我已睁开眼,妈妈脸上的表情仍然没有一丝变化,依然默默地看着我的脸。那是一种忍受着无限痛苦的表情,就像看到用力拽掉深深的倒刺后渗出血的手指那样。我知道,妈妈想从我的脸上找到另外一张脸孔。她想看到的是另外一个人的脸:我希望看到的那张脸去哪里了呢,为什么出现在这里的不是那张脸,而是你的脸?

想起很久以前妈妈看着姐姐的脸露出的那种充满希望与自豪的眼神,要说与之完全相反的,那一定是此刻妈妈望向我的眼神。我终于明白,我们根本没有回到现实中。我也明白,不经过曲折蜿蜒的道路,我们无法回到真正的现实中。等待我们的是像焦虑症患者那样由于担心弄丢自己,时刻坐立不安,不停地摇头和眨眼,反复地开始、结束某事的痉挛般的生活。

妈妈没法改变自己,所以努力给姐姐改名字,而我改变不了姐姐的任何东西,只能改变自己。即使妈妈阻拦,我也会断然去做,更何况妈妈根本没有阻拦。她不但没有阻拦,甚至等同于支持我那样做。一向视钱如命的妈妈竟然欣然答应给我出手术费。我开始辗转于各家整形医院。开始是眼睛和嘴唇,后来是额头和鼻子,最后分三次进行颧骨和下颚、削下巴的面部轮廓整形手术。手术的痛苦对我来说就像麻药,只有鼻子上着夹板的时候,眼泪流淌到肿胀无比的颧骨上的时候,我才能像姐姐一样平静。

姐姐离开两年半以后,我才终于有勇气去那个公园看看。在新城坐上电车,然后在我们以前住的那个小区附近的车站下车,再坐上区间巴士就到了。公园的规模并不大,从中央人行路沿着向左侧蜿蜒的一条窄道走进去,能看到一处很幽静的地方,那里有一个褐色的木质长椅。长椅左边有一个类似配线箱的铝箱,差不多旅行包大小,后方有一圈一人高的绿色铁栅栏。长满枯草的地面朝栅栏的方向倾斜着，扔出一个球的话会快速滚下去。

我站在木质长椅、配线箱以及铁栅栏围成的矮矮的平行四边形斜坡上，这里便是姐姐的尸体被发现的地点。正是明朗的初冬，阳光明亮，四周的光线很足，四下里没有什么遮挡。可六月末的话，情况就完全不同了。树木和花草生长旺盛，再加上是个斜坡，如果不是大白天，尸体是不容易被发现的。姐姐是下午两点左右被一对出来散步的老夫妻发现的，当时她的内衣被脱掉了，不知去向，但尸检结果没有发现姐姐遭到强奸或猥亵的痕迹。

从那以后我便经常去那个公园，然后在那个木质长椅上坐上好一阵子。不管在梦里还是现实中，我都经常回到那个公园。姐姐穿一件无袖的黄色棉布连衣裙，坐在长椅上。她散着一头乌黑浓密的秀发，就像森林里的精灵一样，用充满梦幻的眼神注视着某个地方。不，她没有望向任何地方。姐姐什么都没看。突然，身后的黑暗之中出现了一只握有坚硬物体的手，它朝着姐姐的头部猛砸下来，而且砸了不止一下。鲜血溅到黄色的连衣裙上，晕染开来。姐姐倒了下去。那只手将姐姐拖到了暗影里，像花儿凋零那般，姐姐被吸入黑暗之中。那个时候我在哪里？我在哪里看到的？不管在梦境中还是现实中，我都无法弄清自己的位置和视角。

有一次，我突然有一阵怪异的感觉，就环顾了一下四周。不知何时下起了雨，而我坐在公园的长椅上，被淋得浑身湿透。有些时候，我以为自己是在公园的长椅上，回过神来却发现是在家里。我正像姐姐一样，支着腿，膝盖张开着坐在客厅的沙发上。沙发前面的茶几上放着笔、便签本和遥控器之类的东西。瞬间我感觉有人在盯着我看，可是当我转头去看，发现根本就没有人。不，明明有什么在那里。原来是放在茶几左边的卷纸的空洞在注视着我。我把头转向那边，它似乎立刻避开了我的视线。我再从正面看它，这一次我感受到卷纸的独眼正注视着我刚做过削骨手术没多久、还肿着的下巴左侧。刚开始我无法理解这种视线的含义，过了一阵才明白，那是对我的嘲弄。我霍地起身，把卷纸摔到地上，又狠狠地踩了一脚。卷纸被我踩扁了，独眼也闭上了。卷纸死了，是被我杀死的。卷纸是姐姐，也是我。

就像卷纸那样，我们姐妹两个都死了。我不再是多彦。我可以是彩彦，或者达彦，但总之我的心也好，我的脸也好，都不再是多彦。我瘫坐在地板上，手里拿着像尸体一样被压扁的卷纸，哭了起来。我不知道在为谁而哭，也不知道今后该以谁的身份活下去。我撕下卷纸擦了擦眼泪。就像有些人在不知不觉中失去了春天，我也在不知不觉中失去了自己的人生。

不管身处何处，我都能感觉到紧紧地盯着我的脸的视线。有时它来自其他人，而更多的时候，它来自事物。所有的东西都死死地盯着我，我简直无处可逃。为了忍受这些视线，我的身体变得僵硬。即使独自一人的时候，我也习惯于用力绷紧身体的某个或某几个部位，以此坚持。我总是不自觉地用力，然后在某个瞬间无法忍受，继而爆发，于是开始挤压、踩踏、摔打东西。当然，它们都是柔软的、不易碎的东西。因为我完全无法忍受撞击或破裂的声音。单是想象"砰""啪""咔嚓"的声音都会让我陷入无尽的恐惧。我不但用耳朵听到过那种声音，还用眼睛看到过。每次听到坚硬的物体之间发生碰撞，然后发出破碎的声音，我的眼睛都会不由自主地用力，眼角随之产生一阵痉挛。展现在眼前的是破碎音和巨响带来的燃烧的地狱，每每看到这样的幻影，我都会流下鲜血一般炙热的泪水。

大学毕业典礼前一天下午，我开始发高烧。嗓子几乎要裂开，脸也滚烫。妈妈在店里打工，还没回来。我从画着红十字的药箱里取出药吃了下去，然后用热盐水漱了口。镜子里映照出一张通红的、手术部位留下一道鲜明裂线的脸。

凌晨时分醒来，我又吃了一次药。我昏睡了很久，下午很晚才起床。妈妈已经去上班了，不在家里。毕业典礼估计也该结束了。我从冰箱拿出两个鸡蛋来煮，等待鸡蛋变熟的过程中，我呆坐在沙发上，再次陷入身处公园的幻觉中。像一朵黄色小苍兰一样坐在木质长椅上的姐姐，砰的一声响，沾满鲜血的黑发，沾满经血的下身的阴毛，消失于黑暗中的黄红色的花儿，某人通红的脸……这一切杂乱地交织在一起，又四下破碎消失。燃气灶传来开水溢出的声音。

我走到燃气灶前关掉火,将鸡蛋放入冷水中浸了一下后取出。我不想弄出"啪"的声音,于是把鸡蛋放到桌面上,慢慢按碎,然后剥掉蛋壳。斜阳透过客厅的落地窗照射进来,让桌面上一层薄薄的灰尘看起来格外明显。我咬了一口剥掉一半壳的鸡蛋,筋道的蛋白与糯糯的蛋黄的味道在口中混合。我看了一下煮得半熟的蛋黄的断面,在阳光的照射下,包裹在蛋白里面的蛋黄像晶莹的泉眼一样闪耀着,好美啊……

我觉得好美。想来自己已经很久没有感受到什么叫美了。记得几年前,偶然遇到过尚熙姐,我问她现在还写不写诗。柠檬……圆圆的蛋黄那鲜艳的色彩重新唤醒了我写诗的欲望。看着被温柔包裹在蛋白中的蛋黄,我不再孤独,也不再痛苦了,而是像摇篮中的婴儿一般舒适。我感到从冬眠中苏醒的意识那庞大的身躯缓缓伸了一个懒腰,睁开了眼睛。恨满——呜……

我想我必须去找他。不,是这种想法找到了我,它是一种启示。尽管还迟钝和笨重,但很快便会鲜活起来的炙热的能量团已经缓缓张开口,蓄势待发。虽然深信不疑不可取,但我心中的预感是,一定要从他开始。

在我长久以来的想象中，从暗影里伸出的头号嫌犯的手一直都是他的手。那天晚上十一点三十分到零点之间，他打完工回去的路上，偶然看到了公园里的姐姐，然后不知出于何种原因，他杀害了姐姐。重击姐姐的头部，然后将她的尸体转移到斜坡下面并不需要太长时间。他麻利地做完这一切，回到家中，特意制造声响表明自己回来了，沉浸在睡梦中的妹妹都没确认过时间，就想当然地为哥哥做出了不在场证明。但有一点我怎么都想不明白——他为什么拼死也要主张"姐姐穿着背心和短裤"的虚假证词？要知道这不但不能证明自己无罪，反倒会成为隐瞒罪行的证据……

我拿起第二个鸡蛋在桌面上轻轻压碎，剥开蛋壳，咬了一口。我一定要见他。我要看看他现在过得怎么样。知道了这一点，我才能决定今后作为谁而活、如何活下去。见到他我才可能活下去。这种想法包围着我，我的内心已经涌起兴奋的波浪。为此我必须离开妈妈，必须独立。可是妈妈……剩下她一个人……没有我怎么生活。暂时……不，先不想这些了。起码现在先不想了。

终于，尘封已久的大门打开，似乎有黄色的光线瀑布般倾泻而下。黄色天使的复仇开始了。黄柠檬，我毫无意义地喃喃着，就像在重复着复仇的咒语。黄柠檬，黄柠檬，黄柠檬……

发绳，二〇一〇

喂?是援助天使1004吗?我预约了这个时间进行电话咨询。

确认身份?好的,我的ID是christ[1],c、h、r、i、s、t,就是耶稣基督的那个"基督"的英文单词。年龄是二十七岁,按照咱们国家虚岁的算法。未婚。

确认好了吗?现在给我转接咨询老师?好的,我知道了。我等着。

老师,您好。我叫christ。是的,这是我第一次打电话。其实申请之前我犹豫了很久。是的,我需要帮助,非常迫切地需要帮助。现在我想把自己非常难过

---

1 此处原文为小写,译文中保留原文写法。——编注

的、漫长的故事讲给您听。再不说出来，我就要承受不住了。我最近一直睡不好觉，还会出现幻听，看到奇怪的东西，我觉得自己快要疯了。

开始咨询之前，我想先确认一件事。我现在说的话会被录音吗？您说正在录音？可以不录吗？谈话内容必须录下来？那么，您可不可以向我保证，我在这里所说的一切，也就是录音内容，绝对不会对外泄露？这样啊，那就安全了。过一段时间都会删除是吧？那我就放心了。还有就是，在删除之前，如果出于调查需要，或者警察之类的需要了解一些信息，要求提供录音怎么办呢？那样的话是不是就不仅仅是对外泄露的问题了，而是全部录音都会作为证据提供？您说几乎没有这种可能？好的，就算提供，首先这是患者的陈述，还有什么？这是在饱受精神疾患煎熬的情况下做出的陈述，就算是犯罪事实的供述，也不会追究当事人即患者的责任？如果是这样……那没问题了。

什么？您问我有什么问题？啊，我听不太清楚。

老师，您现在在喝什么吗？咖啡？您在喝咖啡啊。什么咖啡呢？古巴产咖啡？这样啊。我肠胃不太好，一年多以前就戒掉咖啡了呢。当时把所有的咖啡都扔掉了。那款比利时的磨豆机本来是我的心爱之物，连那个我也扔了。我没送人，就那么扔了。我感觉这样才能完全戒掉咖啡。不过我现在非常想喝咖啡。我想念咖啡的香气，滚烫的温度和浓郁的味道……如果现在能喝一口就好了……

先不说这个了，老师，我想问一个问题。如果我说的是别人，是其他人犯下的罪行，会怎样呢？也会被看作在饱受精神疾患煎熬的情况下做出的陈述，您刚才说是陈述对吧？这样的陈述是不是不会被采信为证据，也不具有证据的效力呢？不，我可以理解，确实不好界定。法律本来就是模棱两可的东西。我虽说不是法律专业出身，但我学的是政外系——政治外交系，因此在某种程度上来说比较了解法律的适用性及其运用。假如法律不存在任何的模糊性和灵活性，政治和外交这类东西有什么必要存在，又怎么可能实现？经常听到有人说，法律是一体的，法律面前人人平等，说这些话的人根本不明白法律是什么。法律不是机器，执行法律的人也不是机器，所以，怎么可能每次都做到毫无偏差呢？我在想，也许法律就是像神一样的存在吧。我们这种渺小的人类怎么可能猜透神的意志？也许法律也是这种深奥、强大的存在。那是一种无法测量、无法抗拒，也无法回避的强大的力量、意志，那类东西……老师，您信耶稣吗？不一定是虔诚的基督徒，只是去教会的那种也算。这样啊，我是虔诚的基督徒，所以我的ID也用了christ。

有点偏题了，不好意思。我是想把一些深入的细节都说出来，所以拿出犯罪这种极端的例子来向您咨询。从出生到现在，我从未和犯罪、暴力这些扯上过关系，也没和这类人打过交道。很幸运，当然很幸运。只是有时我会觉得比较遗憾。您不觉得电影里面那些抗争、武装革命势力什么的，这类抵抗式的暴力隐隐有些迷人吗？您觉得不可思议？到现在我还有那种小孩子一样对冒险的憧憬……啊，说着说着又……

好的，那我来说一下自己的问题吧。我快要结婚了，但最近陷入了深深的苦恼中。结婚对象是高中时交往的同校的男生，他高三的时候去了美国留学，今年春天才回来。一回到韩国，也不知他怎么就知道了我地址，直接就来找我了，不问青红皂白就说要和我订婚，我非常吃惊。我没有立刻答应，而是在犹豫。结果他问我，这难道不算是一桩不错的交易吗？是的，交易，他是这样说的。当然这是玩笑，他开了个玩笑。他这个人就是喜欢开玩笑。

他的职业？他是会计师，目前在一家有名的大型会计师事务所工作。未来的公公也在那家会计师事务所工作了很多年，算是子承父业的会计师世家了。他妈妈和我毕业于同一所大学，他们家也信仰基督教。本来我去的是其他教会，后来他妈妈说服我去了他们去的那个教会。那里既有大法官，也有法律界人士，还有国会议员等政界人士，也有大学教授或艺术家，啊，还有很多演艺界人士。有不少艺人在现实中见到后挺失望的。怎么说呢？个子也不高，不知怎么的看上去有点像牵线木偶，和以前在屏幕中见到的很不一样。他妈妈说，我比一般的女演员强多了。他妈妈为什么会这么说呢？

什么？我的苦恼？啊，我之所以苦恼要不要和他结婚，首先是因为现在结婚还有点早，然后……我担心他会束缚我。您能理解吗？我怕他会把我绑起来，把我关起来。想必您也知道，世界上是有这种男人的，他们会打着爱的旗号束缚女人。当然，我觉得他应该不至于这么过分，因为以前他也有过可怕的经历。不过，是不是正因如此才更让人害怕？毕竟自己也经历过那么可怕的事情，这种程度就不算什么了吧，我担心他会这样想，然后……

那件事？我现在不想说那件事，也不是什么大不了的事。啊，刚才我说很可怕吗？嗯，对他而言是这样的。如果说可怕的话确实是比较可怕的。不过，谁也不知道那件事到底对谁而言才是更可怕的。这么说来他有什么可害怕？他当时被吓得不轻，浑身都在发抖。但最后他毫发无伤，脱身逃去美国了。

什么？啊，什么？您说什么？我现在在做什么？我在和您谈话啊，啊，您问我手里拿的是什么？是一根发绳，扎头发用的发绳，是绿色的，上面有一些亮片。我一会儿把它缠在手上，一会儿松开。您问我是不是经常这样？也不经常，只是偶尔会这样。等一下，算是经常吗？我也不知道了。不过您怎么问这个？这是什么不好的症状吗？有点复杂？好的，那请您日后再告诉我。

老师您确实非常厉害，不知为什么我很愿意相信您。我信赖您，我想把一切都说出来。

那我说说那件事吧。我想说一下，哪怕只说个大概。不，可以的话我还是详细地说一下吧。不然的话，我感觉什么都说不明白。所以刚开始……他和我一度交往亲密，所有人都说我们两个很般配。所有人？这个……当然是指我们的朋友们。他的朋友，还有我的朋友都这样认为。我知道大家都很羡慕我们。我们的爱真的很纯粹，也很完美。如果那样继续下去，我们应该会比任何人都幸福……可是突然出现了一个她。我是说，另一个女孩。这时出现了另外一个女孩。我……有些不知所措。我没想到他这么轻易就变了，真的无法相信。您问他爱不爱那个女孩？他……爱……她吗……

不！不！他不爱她，肯定不爱的。那不是爱。那女孩真的没什么特别的。大家都觉得她眉清目秀，殊不知她高傲得要命，成绩更是一塌糊涂，简直跟头脑空空的白痴没什么区别。就是这样一个人某天突然插只脚进来，我男友就想玩玩，于是……男人们不都有花心的一面嘛。说不定他是为了让我嫉妒才那样做的吧。我再说一次，他绝对没有爱过那个女孩，哪怕只是一瞬间。是的，他就像遇到了一个自己喜欢的玩具。可当他发现无法随心所欲玩弄时，他就恼了。他的性格就是这样，绝对不能容忍自己无法随心所欲，所以才想杀人的吧。

什么？您说什么？我吗？我说什么了？不是，我为什么要把那个女孩……不是我，是我男友。是他太恨那个女孩了，恨到想把她杀了。不，不，说想杀她是我说得太夸张了，只是他心里有过一些想法吧。为什么？这个嘛，因为那个女孩没穿内衣，不但没穿胸罩，连内裤都没穿就出门了，她想诱惑我男友……所以我男友就把她杀了？不是的，老师，您在说什么？不是的，他说自己并没有杀那个女孩。不，他没有杀她，没有。

是真的。他不只没有杀人，他什么都没有做。他只是想吓吓她，结果那个女孩突然像只疯猫一样跳了起来，然后就自杀了……为什么？还能为什么？因为……太羞耻了……本想诱惑别人，结果却失败了……所以就自杀了呗。是的，这是真实发生的事情。她把自己的头往墙上撞……因为头部损伤……头部损伤所以死了。光是想象都很可怕……啊，真是……可怕……一个十九岁的女孩怎么会……把头往浴室的墙上撞……撞得大理石瓷砖都裂了……一直撞到断气……即使被绑住了……还是那么激烈地……啊……可怕……疯了……一定是疯了……

什么？老师？您说什么？

被……绑住了？

谁？那个女孩被绑起来了？没有，她为什么要被绑起来？我没这样说过，是您听错了。真的不是，我真的没那样说。我没说，我什么都没说。

我干吗说那种话？我没说，没说。什么？绳子？什么绳子？你在说些什么？！我都说了没有绑起来，哪来的什么绳子？你疯了吗？我哪有拿着什么绳子？我跟那件事没关系！别总这样对我！你们都怎么了？！

喂？喂？

老师？您挂断电话了吗？电话断掉了吗？

不行！我的话还没说完呢。我什么都没做错。我真的没看到什么短裤。因为没看到，所以我就说自己没看到，这有什么错？我只说事实。我可以对上帝发誓，没有任何人因为我而受到伤害。那个，那个善良的、傻乎乎的，那个男生，名字叫……恨满——呜……韩曼……宇……对，韩万宇！听说他很快也被放出来了。那不就行了？我从没希望那个女孩死，我发誓没有。我从没见过像她那样漂亮的女孩。可梦里面她为什么那么恐怖……啊啊……太可怕了……请问有人吗？

哼！

什么？交易？

他竟敢说这是交易。他用了"交易"这两个字啊。肮脏的家伙！把我当什么了，玩这种伎俩？要不是我，你想想会有什么下场吧。胆小鬼变态狂！让天使一样的女孩丧命的恶魔混蛋！杀人犯！

啊，主啊！敬爱的主！

请您原谅那个混蛋……不，不要原谅……我含泪祈祷，敬爱的主啊，请帮助我……您知道，我没有犯下任何一点罪行。请您为我指一条明路……在我们前进的时候,请坚定地守护我们,让我们不要陷入死亡的峡谷……我渴求智慧,请赐予我辨别的智慧……

啊……那边没有人吗?我好怕……好怕……真的好怕……

膝盖，二〇一〇

走上一个斜坡，有一个商用建筑，二楼是教会，每个窗户上都画着十字架。一楼的左侧是一家小小的修鞋铺，两扇门上分别竖着写有"皮鞋""修缮"的字样。现在还有修鞋铺啊，我这样想着，一边转过街角，一块写着"回收金牙、金匙筷"的牌匾赫然在目。黄金的话用金色更适合，但为了显眼，店主用了暗红色的字，让人不由得联想起沾满血的匙筷伸进满是鲜血的嘴里的画面。

商用建筑后面有两座窄长的五层联排住宅，他的家就在右边那座楼的 A 栋 301 室，是炸鸡店的老板告诉我的。"那孩子很诚实，也能干。和表面上看起来的不一样，他很会干活。心地善良，手脚也麻利，这样的孩子不多见的。"炸鸡店老板至今记得他，而且看起来对他印象十分不错。我走上楼梯，按响了301室的门铃。有人问："谁啊？"是一个男人的声音。

"请问这里是韩万宇家吗？"

过了一会儿，门开了。我一眼就看出，他的状态很不好。整个人很瘦，头发也掉了不少，看起来苍老了很多。重点是，他的腋下挎着拐杖。

"您是……哪位？"

他没有认出我。虽说我没期望他能一眼认出我来，但这种冷漠的反应还是出乎我意料。我披着长发，特别是还穿了无袖的黄色连衣裙，脚上踩着一双拖鞋。

"您有什么事？"

为了吸引他的视线，我撩了一下自己的长发。

"金海彦！"

"金海彦？"

过了几秒钟，他才露出吃惊的神色，盯着我的脸。

"我是金海彦的妹妹金多彦。"

"金多彦？"

"我有话要说，可以进去吗？"

我上前一步，他下意识地向后退了一步。他后退的时候，我看到他一条腿的裤管看起来空荡荡的。我脱下夏天穿的拖鞋，进到屋里。右侧狭窄的客厅里开着电视，对面摆放着一张老旧的沙发。沙发上没有坐垫，而是铺着毯子。可能直到刚才他还坐在那里，沙发中央有一处凹陷。左侧的厨房入口处放着一张四人餐桌和三把椅子，还有一个折叠起来的轮椅。家里似乎只有他一个人。

我拉出餐桌左边的一把椅子坐下。他用遥控器把电视关了，来到我对面，把拐杖并排倚墙放好，也坐下了。他身后的水槽上方有一个小窗户。我突然想起警察说过他有趿拉着鞋走路的习惯。不知道他的腿是受伤了正在恢复，还是无法恢复，再也不能穿鞋了。但我想，就算是后者，这种惩罚也是便宜他了。

"你遇到事故了吗？"

"没有……"他含糊地说。

"那这是怎么回事？"

"做手术了。"

"什么手术？"

"生病了，所以……"

"截肢了吗?"

他默默地垂着头,脸上的表情看起来既疲惫又难过。我的内心涌起一股冲动,我想说一些恶毒的话来进一步激发自己对他的厌恶。

"你,这是遭了天谴!"

他喃喃地道:

"生病了,我只是。所以部队允许我因病退伍。"

突然冒出的因病退伍这个陌生的词语,让我瞬间陷入混乱。

"总之我的意思是,你现在的病好不了了!"

他长叹一口气,低下头,摆出一副无论如何只希望现在的对话快点结束的消极态度,但我不可能这么轻易地放过他。

"看看这个。"

为了刺激他,我指了指自己身上穿的黄色连衣裙。

"你还记得这件衣服吧?"

他抬起头,看了一眼我的衣服。

"当时你看到过这样的衣服吧?姐姐身上穿的。"

他没有回答。

"你还要坚称姐姐穿的是背心和短裤吗?你明知道姐姐当时穿的是连衣裙。"

他的小眼睛里露出惊慌的神色。

"不是短裤?为什么这样说?"

我像许久以前的刑警那样,心中涌起一股想在他那腌黄瓜一般的脸上抽几巴掌的冲动。

"你以为只要坚称自己看到的是短裤就可以脱身是吗?我姐姐根本没那样穿,你却说自己看到她穿着短裤?所以我才说是你,也因此就是你。都过去这么久了,我也不想再怎样,已经结束的事情还能怎样?我只是想知道,是谁杀死她的,为什么要杀死她。是你吧?是你杀死了我姐姐对吧?"

"可能你不会相信……"

他讷讷道:

"我什么都没看到那天,海……"

他稍作停顿了一下,似乎不敢轻易说出姐姐的名字。

"我也没看到她在车上。我只顾着看前面,因为不知道什么时候信号灯会变,泰琳告诉我的,都是。"

"你说谎!泰琳虽然看到姐姐在车上,但是她做证说自己没有看到姐姐穿短裤。警察也说看不到才是正常的。"

"说得对,说得对,警察的话。"

"什么?"

"泰琳应该也没看到。不过当时她确实说了穿的是短裤,抓着我的腰说的。"

他望着我笑了。我的鸡皮疙瘩一下就起来了。这个人现在竟然在笑!

"当时信号灯变了,我正发动车子,'穿的是背心和短裤啊!'泰琳抓着我的腰说。我记得很清楚,这个。"

他又笑了,我不知道他为什么一直在笑。

"这前后矛盾啊,都没看到怎么会那么说?"

"我也问了,因为觉得奇怪。我问她是看到穿着短裤吗?'傻瓜,支着腿张开膝盖坐在那里当然穿的是短裤啊',泰琳说。"

瞬间我呆住了。我转过头,看了一眼放在餐桌和墙之间的药箱和药袋。膝盖!他说的是膝盖。他说姐姐支着腿张开膝盖坐在那里!我比谁都清楚姐姐的这种姿势。把脚放到沙发上，张开膝盖支着腿坐的姿势，妈妈和我最忌讳的那种姿势。如果说姐姐当时的姿势和坐在家里沙发上的那种姿势一样，把脚放到座位上，张开膝盖支起腿的话……这样外面的人通过车窗看，都会以为姐姐下半身穿着短裤。泰琳应该也是这样想的。

他不知又说了些什么，但我完全没有听到。过了好一会儿，等我回过神来，发现他正在自言自语一般小声咕哝着什么："我本来打死也不想说泰琳的事，警察大叔一直问我是不是真的看到海……看到她坐在政俊的车上，有没有看错，问了好多次，所以我才把泰琳的话说出来了。我说她散着头发，穿着背心和短裤。可警察老说我看错了，让我好好想想，说我一定是看错了。看样子申政俊刚开始没说海……没说她在车上。然后警察大叔一直反复问我有没有看到短裤，我只好把泰琳说的说了出来。因为这样我才说的，但是真不该说。"

"那你怎么没说膝盖的事情？"

我问道。

"不是亲眼看到，是听说的。泰琳也是猜测的。这个你怎么不说？"

"我也不知道为什么没说，我以为泰琳会说。"

"你不知道泰琳既没说膝盖的事情，也没说短裤的事情吗？"

"知道，告诉我了，警察大叔。"

"那你听了也没反应？"

"因为泰琳没说啊。"

他又笑了。

"我想应该是有原因的吧。后来我想，也许因为都是女孩子所以才那样吧。"

"女孩子怎么了？"

"不知道，我也。泰琳肯定也有自己的原因吧，所以我就没说。泰琳也说很受煎熬，不是一般的。警察一直问她是不是看到海……看到她在车上，最后泰琳回答背心是黄色的，从那时起他们才放过她的。"

"那之前……你和泰琳见过面吗？"

他沉默了片刻。

"见过。"

他缓缓地说道：

"就一次,去了炸鸡店,泰琳。这个当时我连警察大叔都没说……"

他用看同伙那样的眼神看着我。

"我打工结束后出去,说是等了我半个多小时,泰琳。"

他脸上的表情明亮了起来。眼神变亮了,皱纹似乎也都伸展开了。

"是那么说的,泰琳。女孩子不好说膝盖的事,张开膝盖坐在那里,这种事不好开口说。所以最好不要说,泰琳说。所以我想,这样啊。"

泰琳,泰琳,泰琳……只要说到泰琳,他就一点也不像腌黄瓜了,而是像一个白净、纤长的香瓜。我又想起姐姐那像小小香瓜一样的圆圆的膝盖。他用手指着我的衣服问:

"她穿的真的是裙子吗?不是短裤?"

我没有回答。我无意跟他解释姐姐穿着裙子,用那种姿势坐着的事,他也没有再问。我从椅子上站了起来,他似乎有些吃惊地望着我,似乎原本已经做好了忍受被长时间纠缠的准备。

从他家里出来，我顺着台阶走了下去，膝盖一直在发抖，膝盖……那是我从未想象过的画面。姐姐穿着校服裙子的时候还比较谨慎，但其他时候就十分大意了。她根本意识不到。她很少出门，平时主要待在家里也是因为这个。那天姐姐穿的不是短裤，而是在家里穿的那种宽松的黄色无袖连衣裙，还有拖鞋，没穿内衣。所以申政俊应该看到了。张开膝盖支着腿坐在那里的姐姐……还有姐姐的那里……我有些眩晕，于是闭上了眼。为了不喊出声来，我紧咬着牙关。我终于理解妈妈一气之下抬手狠狠地揍姐姐时的心情了。

之后我又去找过他几次。我反复地问着那些已经问过的话，听着那些已经听过的话。后来我几乎能背下他说的话了，只要他表达得稍微有出入，我便会提醒他或进行更正。有时我一言不发地坐在他对面，已经没有什么新的东西可以打探了，可我依然继续去找他。本以为只要找到他，问个清楚，一切就可以迎刃而解，可现在我依然不知道该如何活下去。

第五次去找他的时候，他依旧顺从地打开了门。

来到玄关，里屋传出一个女孩响亮的声音："哥哥，谁啊？"是他的妹妹。我知道唯一为他做不在场证明的人是他的妹妹，可他有妹妹的事实仍让我感到陌生。妹妹的脸出现在厨房的方向，脸形圆圆的，双眼皮。和脸形瘦长、眼睛很小的他长得完全不像。就像我们姐妹二人一样，一点都不像。妹妹向哥哥投去询问我是谁的目光，但紧接着便好像明白了什么。

"你怎么又来了？"

我踌躇着。

"我问你怎么又来了？"

"来修鞋，顺便……"

"修鞋？鞋怎么了？"

妹妹的眼睛瞪得圆圆的。

"这里有修鞋铺……"

"啊，那家修鞋铺……那你来我们家干什么？"

"我不是来吵架的，是想聊一聊，所以来了。"

我脱下鞋想进屋，妹妹站到了我面前。她的个子很矮，连我都可以低头看到她的头顶。

"聊什么？哥哥说，该说的他都说了。"

"不是那些,是别的事情。"

"真是好笑。每个人都这样,找到妈妈和我,装作说别的,然后我们说什么都要怀疑,回去再从里面找破绽,太过分了。"

"我不是警察。"

"这不是像警察一样来调查了吗?希望找出点什么来,好做文章,不是吗?"

我叹了口气,递过去一袋香瓜。

"我带了点水果。"

"我们不需要这些东西。"

"我觉得很累,可以坐一会儿吗?"

妹妹没说话,但身体稍稍让了一下。我把装着香瓜的袋子放到左侧厨房边的餐桌上,然后拉出一把椅子坐下。从第一次来他们家开始,我便一直坐在这里。对面水槽上方依然可以看到那个小窗户。妹妹故意摔摔打打地擦着碗碟,她的头顶隐约能够到窗框的下沿。

我好像打了个盹,周围突然非常安静,像从错乱中清醒过来一般,一股外冷内热的、带有一丝凉意的热气包裹住我的全身。猛然惊醒后,我发现妹妹正站在我面前,而他坐在客厅的沙发上,将两只拐杖整齐地靠在左侧的扶手上,正望着我们。

"我问你,吃过了吗?"

妹妹问我。

"吃……"

我不由自主地使劲摇起头来。为了减肥,我每天都不吃午饭,但那天没忍住,买了一串鱼糕吃,还喝了两杯汤。要是哪天吃了饭,一到下午我就会陷入无尽的自责中。

"那么吃惊干吗?让人怪抱歉的。"

"啊,我几乎没怎么吃,只吃了一点点东西。"

"我们两个啊,现在正打算吃煎鸡蛋。"

"鸡蛋卷吗?"

"不是,煎荷包蛋。"

妹妹朝着客厅问了句:"哥哥吃两个是吧?"得到的回答是:"嗯。"

"一个半熟,撒盐,一个全熟,挤上番茄酱。我们两个啊,每天都是这么吃。"

我咽了下口水。

"我也可以吃吗?"

"真的吗?你吃几个?"

"我也吃两个。"

妹妹哧地笑了一下,转身把平底锅放到燃气灶上,打开火,又转身抓住冰箱门把手问:

"那吃法也和我们一样吗?"

"嗯,完全一样。"

"OK,那三个人都一样!"

妹妹用力地拉开冰箱门,小巧的手每次抓出两个鸡蛋,一共拿了三次。六个可爱的淡褐色椭圆形鸡蛋躺在餐桌上,似乎要滚动起来。妹妹拿出番茄酱放在旁边,不是瓶装的,而是快餐店里给的那种扁扁的袋子里装的小包装番茄酱,同样是三袋。到时候三个人每人撕开一袋挤出来吃就可以了。

妹妹在矮脚茶桌上摆上三个茶杯,从厨房端了出来。她坐到了他的对面,然后用眼神示意我坐近一点。我过去坐下,她从茶桌上取下茶杯和托盘,发出叮叮当当的声响。

"哥,虽说我一次都没见过,但听说那个姐姐真的不一般。"

"嗯，是，是啊。"

"哥觉得怎么样？"

"我没怎么……"

他笑了一下，看样子我来之前他们聊着某个话题。我看着装在托盘里端出的成套茶杯，满足地回味着和他们一起吃下的煎蛋的味道。刚开始妹妹用勺子啪的一声敲碎鸡蛋的时候，我的身体缩了一下。我很想捂住耳朵，或者跑去浴室躲一会儿，但最终忍住了。第二个、第三个鸡蛋也啪啪地被敲碎了，当敲到第六个的时候，我简直要为自己的忍耐力感到自豪。好久都没有吃煎蛋了，也好久没看到这种老式茶杯了，似乎是为了证明它们是一套茶具，茶杯上凸起的暗红色雕刻花纹一直延伸到托盘的边缘，杯子外围和托盘内侧都绕有金线和银线。茶杯纤细的手柄必须用拇指和食指轻轻捏住，看起来就像食草动物的幼崽正朝我竖着玲珑的耳朵。这个家里的一切都是如此，我心想着，陈旧、贫困……真的满眼都是许久未见的物件。

"身为妹妹的这个姐姐也好漂亮啊，对吧？"

她说出这句话的瞬间，我手中的茶杯差点儿就要滑落下来。这么说刚才他们说的是姐姐，现在说的是我。我低下头，用食指触摸着茶杯的手柄。真的不一般吧，我的姐姐。可他的妹妹说我也很漂亮。

妹妹拿来香瓜开始削皮，韩万宇打开了电视。香瓜露出了淡淡的果肉。看着电视的他，脸上不知为何看起来充满了自信，似乎还带有一丝炫耀。也许是因为妹妹在身边，也许是因为自己了解妹妹那未曾见过的我姐姐的美。不管是因为什么都没关系。妹妹把装了香瓜的碟子放到他和我中间，说：

"吃吧，哥！姐姐也吃！"

韩万宇吃完药躺在沙发上睡着了。妹妹关掉电视，用眼神示意我去她的房间。她的房间真的很小。她把客厅的茶桌搬了进来，香瓜碟子没有动，茶杯不见了，取而代之的是两个玻璃杯。她拿来一瓶啤酒和一个开瓶器，关上了房门。那种感觉就像我们偷偷钻进一个小箱子躲藏了起来。

"来一杯清凉的啤酒吧，咱们。"

啤酒的确很清凉。我们咯吱咯吱地嚼着香瓜,喝着啤酒。

"姐姐!"

妹妹用双眼皮的大眼睛看着我。

"我没有姐姐,所以每次叫姐姐总感觉怪怪的,同时又很喜欢。"

她比我小三岁,叫善宇。高中毕业以后去了一家大型超市负责销售工作,过去四年间已经换了五个地方了。

"这边的工作动不动就遇到问题,这对我们来说真的很不好。不但要重新接受培训,定岗之前还没有工资,休息日也不停地在换。不过姐姐,我吧,有些话一定要和你说。"

终于要说了,我心想。

"那天夜里我确实在睡觉,但我真的确定哥哥是十一点半左右回来的。他还买了麻花。"

"麻花?"

我又咕嘟咽了一下口水。奇怪,来到这个家里以后,我就一直分泌唾液,而且感觉到饥饿。

"原来我们住的那个地方，市场上有家小店卖麻花，哥哥总是去那家店买麻花。因为我喜欢吃，所以哥哥总是买回来放在这张桌子上，留给我吃。有时我半夜起来吃，有时早上起来吃。我本来就喜欢吃麻花，那家店的麻花又特别好吃。不过那家店过了十一点半就关门，所以哥哥总是十一点就离开炸鸡店。炸鸡店老板也知道这一点，如果看到哥哥还在干活，他就会说，快去买麻花吧。那一次，第二天早晨这里明明放着一袋麻花。"

我想象着一只手提着带给妹妹的麻花，一只手握着砸向姐姐的砖头的韩万宇。这可能吗？到底可能吗？

"可警察不相信我的话，说杀人魔连杀人都不在话下，撒谎就更是小菜一碟。还说我太天真了，那很有可能是一早就计划好了，然后提前买好了放到那里的，说我是被利用了。"

如果是杀人魔的话会那样做吗？一手提着刚出锅的香喷喷的白糖麻花，一手用砖块奋力砸向某人的头颅，这种事情可能吗？

"我吧，不能理解的是，什么计划能通过买麻花执行？难道哥哥从开始打工的初中二年级开始就是杀人魔？简直是乱说，真是的。"

善宇又拿来一瓶啤酒。我问韩万宇的腿是怎么回事，善宇的脸色暗了下来。

"哥哥，因为膝盖癌做了手术。"

膝盖癌？头一次听说还有这种癌。

"第一次听说吧？哥哥左腿的膝盖已经截肢了，不过万幸癌细胞没有转移到别的地方。所以说啊，我们不知道罢了，其实骨头里面也会长癌的。因为哥哥的原因，我花了很长时间学习，关于骨头里长的癌，这叫作肉瘤，也叫作骨癌，据说主要是年轻人容易得，十几岁、二十几岁这种。往往都是一直疼也不知道，误以为是肌肉痛之类的呢。哥哥也是去了部队突然开始疼，他说疼得受不了，可别人都以为他是装病，他只能咬牙忍着，后来昏倒了，被送到部队医院，人家检查了一下便让他回家，说回去之后去大医院看看，然后就这么回来了。真的很卑鄙无耻，要让回家就早点让我们走，不然就给我们治好再让我们回来，他们生怕给自己惹上麻烦，藏藏掖掖到最后成了这样。医生跟我们说，要是当初治疗及时的话，是可以不用截肢的。可这些去吵去闹也没用，你赢不了部队的，也赢不了医院。况且这个既涉及部队，又牵扯医院。最后我们接受了手术费，这件事就结束了。话说姐姐，你酒量不错呢。"

善宇又拿来一瓶啤酒。

"肉瘤也分很多种，哥哥得的这种叫尤文肉瘤。尤文是个人名，据说首次发现这种肉瘤的医生名叫詹姆斯·尤文，后来人们便用詹姆斯·尤文里面的尤文二字给尤文肉瘤命名了。"

"尤文肉瘤？"

"对，尤文肉瘤。"

我像唱歌那样吟诵起这个名字。尤文肉瘤……尤文肉瘤……应该是个漂亮的肉瘤，像骨头上生出的蘑菇那般可爱的肉瘤。

他长了尤文肉瘤尤文尤文

左侧膝盖截肢了呢尤文尤文

再也不能穿鞋子了尤文尤文

我问起他爱趿拉着鞋走路的习惯，善宇笑了。

"你怎么知道的？那是因为鞋小了。"

鞋小了就会那样吗？

"从小就是，鞋小了也没人给买新的。于是就踩着后跟，趿拉着走路，走路姿势便成了那样。"

所以，嗯，走路姿势……穿鞋走路现在已经成了过去式。不管是趿拉着鞋子走，还是拖拖拉拉地走，他已经无法再穿鞋了，这已成定局。

"哥哥他，不太会说话。所以，才在那么长的时间……

"哥哥他，不太会说话。所以，才在那么长的时间……喝多了有些难受。哥哥他，和我不是一个爸爸……"妹妹的声音听起来就像是从地球另一端传来的那样遥远，"哥哥叫韩万宇，我叫郑善宇。我们两个的爸爸虽然不是同一个人，但他们两个人的相同点是，现在都不知去向。我们两个的爸爸都是忽然消失的，妈妈说那是因为他们都太善良了。他们挣不回钱来，太内疚了，所以就悄悄走掉了。妈妈不说他们跑了，而是说他们消失了。我们妈妈就是那样认为的。"像鸟鸣或水声，似乎能听到，又似乎听不到；像微风那样从耳边掠过的声音；美妙得让人心碎的声音；越想倾听越感觉遥远的声音。"我啊，不知有多担心哥哥。腿的病真的不算什么，我啊，最怕的就是哥哥会消失，怕得要命。我怕他因为不能挣钱，感到太过内疚，就悄悄地消失了。以前我就想过，哥哥这么拼命赚钱，是不是为了不像爸爸们那样？是不是因为不想消失？我哥哥该怎么办啊姐姐……"

善宇看了下手机短信，说了句："妈妈要来。"刚睡醒的韩万宇表情瞬间变了，他猛然回头看了看醉意蒙眬的我。

"走！快走吧！"

我愣住了，不明白他的意思，这时善宇挡在我前面。

"为什么要让姐姐走？"

"你不是说妈妈要来？如果妈妈知道这些人又来找我，她会难受的……走吧，快！"

"那……那……我们不说她是那些人不就行了吗？说是我认识的姐姐不就行了吗？这个姐姐又没做错

什么，为什么非要赶她走呢？"

善宇哽咽着喊道。瞬间我也莫名地觉得很难过，我想放肆，不想再忍耐了，还没打算要哭，眼泪就已经顺着脸颊流了下来。他皱着眉头，轮番看着哭丧着脸的善宇和正在流泪的我。

"你们都……都怎么了？我也不知道了，现在。"

他放弃了，善宇转身抱住我。

"姐，你不用走，别哭了。哥哥坏，太坏了。"

我像小孩子一样用拳头擦着眼泪。想到眼妆会花，于是轻轻按了按眼睛。我要了解一下残疾人就业的相关法律，再打听一下特别聘用残疾人的企业。虽然喝得有几分醉意，但我还是在脑海中这样盘算着——不能让他整天看电视然后安静地消失，为此，必须让他能赚到钱。

有些人生毫无理由的残酷，而我们就像可怜的虫子，在其中不明就里地苟延残喘。他们兄妹的妈妈在一家餐厅的厨房工作，是个侏儒，其实这并没有让我感到太惊讶。妈妈的身材就像是把善宇狠命地挤压过那样，异常矮小。奇怪的是，看到他们的妈妈，我今后该去哪里、该做什么，突然变得清晰起来。我生活的方向也确定了。首先我要从妈妈身边独立出来，妈妈不能被牵连进任何事情。但是，总有一天我还会再次回到妈妈身边。

神，二〇一五

您好，博士，见到您很荣幸，我感到十分高兴。

因为一直都想跟博士您进行咨询，预约后我等了很久。最近我还认真看了您在报纸上连载的专栏。您的著作当中，《哀悼，美丽的离别》那本书我读后感触特别深，之后便成了您的粉丝。粉丝听起来会有些轻浮吗？您会不会不喜欢这种叫法？啊，谢谢您如此宽容地理解。

那我开始说吧。三年前我经历了一件非常痛苦的事……啊，您知道吗？原来您也知道。毕竟报纸和电视上都报道过。您说什么？是听认识的人说的？也是，几乎没有人不知道。我当时经历……经历了那件事……度过了非常艰难的……时期。非常痛苦。怎么会不痛苦呢？经历了那样的事情，我……对不起，对不起。不，不，没关系。我过会儿就好了。现在好多了，真的好多了。请稍等一下，等一下……

我继续往下说。现在没事了，好了。最近我每天早上都读诗、写诗，调整心态。您不知道我写诗吗？我已经正式踏入文坛了。您经常去的教会的周报上，还刊登过两次我写的诗呢。啊？我肯定知道啊。像博士您这样有名的人去的教会，我怎么可能不知道呢？您最近不太常去了吗？太忙的话就没时间去了吧。对于像博士您这么忙的人来说，这是再正常不过的了。不过您最好还是稍微费点心，这周一定要去啊。

所以我从那件事以后……从那件事以后……啊，我这是怎么了？是的，从那件事以后，我受到主的恩宠，于是开始写诗了。这个最早是怎么开始的呢？其实我生完孩子患上了严重的抑郁症，是产后抑郁症。听说敏感的产妇当中有很多会患上抑郁症。孩子……孩子？必须讲孩子的事吗？我的孩子……艺彬……申艺彬……艺彬是个天使，她是个非常漂亮的孩子，大家都说从未见过像艺彬这么漂亮的孩子。真的不知有多漂亮，就连一向吝于称赞的公公也这样说。他说，我儿子和儿媳都相貌出众，艺彬更是青出于蓝而胜于蓝，漂亮得几乎让人难以置信。她……她也……很漂亮吧……她是小孩子的时候……也很……漂亮吧……

她？啊，我一时糊涂了。她……艺彬……我是说艺彬。所以，我丈夫也完全被她迷住了。是艺彬，我说的是艺彬。当我告诉他我怀孕的时候，他并没有太……高兴是高兴，但只是像大多数男人那样，那种程度。我没想到后来他会变得那么疯狂。从艺彬出生的那一刻起，他就来了个一百八十度大转变。到什么程度……啊，我突然想起了那天，那天的事。那天他抱着艺彬哄她睡觉。我说一下那天的事。艺彬真的非常难哄，要不是看她那么可爱，估计他都气得要打她的屁股。哄她睡觉尤其难，如果不抱着，她就不肯睡，抱着也要摇很长时间她才能睡着。那天他抱着艺彬摇了那么久，把她哄睡着了。我一直以为他是个一丁点耐性都没有的人呢……啊，他性子有点急，不是那种可以为了别人牺牲自己的性格。但是那天他……抱了艺彬好久好久哄她睡觉，刚想把她轻轻放到婴儿床上，然后……他忽然停下来，久久地看着熟睡的艺彬。他应该不知道我在看他，因为不知道所以才一直那样的吧。看了半天，他把嘴唇贴到艺彬的额头上，又看了半天。然后，然后……嗯，他哭了，无声地哭了。他为什么哭呢？那是我第一次看到他哭。从高中认识他一直到现在，当然他在美国留学期间不能见面，以往我从未见他哭过。当然他肯定也哭过，只是我从未见过。不管是在我面前还是在其他人面前，他从没哭过。但是当时，啊，当时他自然是觉得旁边没有人，所以才哭的吧。他不知道我看到了，所以才哭的吧。问题是这种情况有什么可哭的？到底有什么值得哭的？看到那个场景，我……感到害怕。太可怕了。为什么？难道不可怕吗？我都吓得……想死了，当时只有这一个想法。您问我为什么？这个，我不知道，我不知道，但我就是想死。我得了抑郁症啊，抑郁得想死啊。我把头往浴室的瓷砖上……砰砰直撞……头撞破了……然后……因为头部损伤……死掉的话就好了，好像可以……一模一样地……死去。

是的，很严重，非常严重，博士。因为我得了那么严重的抑郁症，很多人找到我，为我祈祷。其中有一位年长的女诗人，她告诉我如何用诗治愈心灵，还送给我她自己写的诗集。其实一开始我不太喜欢她的关心。她笑的时候露出的发青的假门牙让人很不舒服，我好几次睡觉的时候梦到身体差点被青色的锯齿咬住吃进去。我委婉地说过很多次，希望她以后不要再来了，可她还是不肯放弃，有时甚至还把其他诗人也带过来，轮番朗读，当时我真的气得咬牙切齿。本来我就抑郁得要命，她又总是劝我写诗，说如果写出来可以登到她办的杂志上，这些不着边际的话让我不舒服，而且很烦……我都怀疑自己是不是被当成冤大头了，她不会是为了救活自己那个快办不下去的杂志才来利用我的吧？真的很烦。而且她写的诗真的不怎么样，假如真的写了那么久，怎么会那么……所以我一直躲着她……

啊，先不说这个了……对，是的。就是那段时间发生了那件可怕的事。那个糊涂的保姆，竟然没发现婴儿车里的孩子不见了，就那么推回了家……如果我有一把消声手枪，真想当场把她……警察怎么说？他们都没好好调查，只知道动不动就找上门来，问我们有没有得罪过人,有没有金钱纠纷,就像我们隐瞒了什么天大的秘密一样,一直提一些莫名其妙的问题。啊,那些无能至极的警察……但是真正让人无语的是公婆的态度。警察既然这个样子,就应该严厉谴责,要求他们好好调查,可是,公婆突然要求停止调查。我也不知道他们为什么那样做,是公公在心虚,还是以前的那起事件……不,我不想说那个,我又要来气了。您知道当时婆婆对我说了什么吗?她说不能看着家里天天鸡飞狗跳,孩子再生一个不就行了吗……真是,真是疯了……这是正常人该说的话吗?啊,一想到这里,就有一股热浪朝我席卷过来,就像把脸贴在火苗上那样。我的脸是不是红了,博士?还好吗?我可以去趟洗手间吗?好的,那请稍等一下。对不起。

谢谢您等我。不过刚才在洗手间我突然想起一个问题,可以问一下吗?博士,不是有"冷血男"的叫法吗?是的,冷血男!意思是血冷的人,感情冷漠的人,没有感情的人,对吗?博士您也见过这样的人吗?您应该治疗过很多患者,所以肯定见过吧。嗯?程度问题?有些人是非常严重的,他们是天生这样,还是长大后受后天影响才变成那样的呢?两种都有可能?有些是有各种原因?

啊,我为什么这么说呢,因为生活中偶尔会遇到这样的人。啊?我身边的人?不是的,不是身边的人,只是和周围一些人聊过之后,有些人会给我脊背发凉的感觉。那位诗人?不,天啊,怎么可能说她冷血呢?她是一个感情过于丰富的人,而且本身还是女性。啊,当然我不是说女人不能冷血。您问我见过男性当中的这类人吗?不,与其说是男人……唉,我们还是不要继续这个话题了。我觉得很烦。这些话可能不会对我有什么帮助。放松就可以了?什么?放松什么?对冷血男怎么放松?对,不要紧张……冷静点……尽量远距离观察……那些特征什么的……慢慢说……

嗯,好的,那我慢慢说。特征就是……那种冷血男首先给人一种不听我的话,我是说不听对方话的感觉。听是听,但是就像有一堵挡得严严实实的墙似的,说出去的话会被弹回来。是的,您明白那种感觉吧?还有……一着急突然有点想不起来了,啊,对了,绝对不承认自己做错了，就是那种，明明是他们做错了，却坚决否认是自己的错。所有人都看得明明白白是他们做错了，但他们就是坚称自己没做错什么、不是他们的错，更让人无语的是，他们还会说"这是你的错啊"，然后不分青红皂白都推到我身上。那肯定要疯啊，要跳脚。他们蛮不讲理的程度让我觉得他们是真的疯了。最让人毛骨悚然的是他们把女人当成玩具，就像玩偶一样，随心所欲、为所欲为。如果不按他们说的做，他们就会露出无比可恨的贪婪表情，严刑拷打也没有这么残酷的。因为他们没有感情，所以可以泰然自若，被逼疯的人是我。他们只找年轻的女孩子玩，十九、二十，这种和她差不多大的孩子……

博士，您怎么这么看着我？什么？啊……您问我说的是谁啊……谁都不是……谁的事也不是。我只是随意说了一下我对冷血男的感受。一般意义上的那种人……是的，当然。我随便说的。哪有，绝对不是，不是我的亲身经历，只是我心里的感觉，掺杂了想象。说到底，因为我写诗，所以想象力比别人丰富吧。有那种能洞察人的直觉，也懂得共情。

什么？丈夫？我丈夫吗？为什么突然说他？啊，我真的很担心他。他对那孩子，对艺彬非常用心。我第一次知道他还可以做到那种程度。以前我还以为他不太想要孩子呢，但从艺彬出生的那一刻起，他的变化简直让人不敢相信……啊，这些我已经说过了吗？我的孩子……还没过周岁的艺彬……现在已经三岁了……不，好像是四岁了……以前买的衣服和鞋子……还一次都没穿……艺彬的婴儿房还保持着原样。他根本不让动。有一段时间，他待在那个房间里不出来，我真的很担心，特别担心。据我观察，他现在好像也不好好工作了，以前他对待工作真的是一丝不苟。本来是蛮可以做出一番成就的，但这几年一直过的是游手好闲、破罐子破摔的日子，真不知道他要这样自暴自弃到什么时候，我担心之余真的对他很失望。如果丈夫完全崩溃，变成废人……啊，当然，我很担心。我怎么会不担心呢？您问我理解我丈夫吗？当然，我理解。但您为什么要问这个？除了我，还有谁能理解他呢？我完全理解他。他也说不再生孩子了，在这一点上他和我意见完全一致。我也不想再给公婆生孙子了。他们竟然说不是还可以再生吗，再生一个不就行了吗？哈，真的太无语了。

不管怎么说，我在通过诗进行自我治愈，但丈夫却根本没有这种想法，最近他连教会都不去了。博士，您这周也一定要去教会，答应我，好吗？您不肯答应我啊。对于那些……像丈夫一样的人，无法得到救赎的灵魂……我真的很怜悯他们。毕竟我得到了救赎。读诗、朗诵诗、写诗的过程中，我就像见到了主一样，内心感到平静和充实。我明白了，主在竭尽全力地通过她——我是说门牙是假牙的那位女诗人——来拯救我。艺彬……发生那件事的时候，我的想法也有些肤浅，因为我没有理解主的心意。现在我知道了，在我身上发生的每一件事，都有主的心意。我已经明白，在主面前我是完全无力的、无能的。博士您理解这种完全被动的喜悦吗？无论主所给予的是幸福还是不幸都全盘接受，以后也会如此，连死亡也会甘之如饴的这种开放的喜悦。用诗歌颂那份喜悦的欢乐？对我来说，诗就是主的话语，主的话语就是诗。最近见到的人都拜托我在周报或牧会志上写点诗，我没法拒绝，非常辛苦。但是，如果我的诗能成为赞美主的大爱的一点微薄力量……我愿意时常怀着这样的心情写诗，尽我所能回应主。博士，我想祈祷一下，请您等一下。

主，我们的主，爱的主，今天也要感谢您……

啊，果然祈祷后心情会轻松一些，头也不那么疼了。是的，平时头疼很严重。每天晚上头都疼得几乎睡不着觉，所以得吃药，但这种情况下如果祈祷的话又感觉能入睡了。我不是每天都吃安眠药的。博士，我没事，有问题的是我丈夫。如果博士您能跟他谈一谈就好了，可他是绝对不会来这种地方的。他以后会更糟糕的，我敢肯定。有一次，是晚上，我一个人在祈祷，主就像用文字写下的那样，清楚地告诉我：他的灵魂就要到达死亡之谷。那天晚上我听到主的话，写了一首诗，我背给您听。

    裂开的兔子头骨
    化脓的狮子身体

> 惊讶吧！恩典恩典恩典
>
> 太阳被山岭挡住
>
> 冰冻的大地被黑色的天空遮蔽
>
> 歌颂吧！恩典恩典恩典

您知道这首诗意味着什么吗，博士？即使头颅破碎，浑身化脓，太阳消失，大地冰冻，也要歌颂恩典恩典恩典，您明白这是什么意思吗？意思是除了赞美主，膜拜主，向主祈祷，渴望救赎，我们什么都没必要做，什么都不能做。我们是空壳，我们拥有的一切都是从主那里借来的。虽然我已经得到了救赎，但是，哦，主，恩典的主，感谢主。可是博士，救赎并不是一次就结束，我们每时每刻都要被救赎。希望博士您也势必能得到救赎……得不到救赎的人生是被诅咒的人生，那些生命无法死亡，无法结束，只能在地狱火中永远煎熬。要全身心去领悟那可怕的真理。我会每天都为您祈祷，我会祈祷的。

骨癌，二〇一七

研讨会结束后的晚餐选在附近的一家烤肉店。几张餐桌拼成长长的座席,参加者们一个个走进来坐下。我在中间的位置背靠墙坐了下来。服务员端来小菜和碗碟,大家开始帮忙分发起勺筷、碗和杯子。我边用湿巾擦着手,边看着男研究生把五花肉夹到烧热的石板上。

对面的壁挂式电视里正播放着晚间新闻。我正在搅拌用来蘸肉吃的调味汁,播音员的一句话穿越周围嘈杂的声音,清晰地留在了我的脑海里。我抬起头,电视屏幕上,一位运动员正在椭圆形的滑冰场上滑行,播音员用些许悲壮的声音报道了该国家队短道速滑运动员因肩部恶性肉瘤而死亡的消息。据说是在治疗肘部伤病的时候偶然发现的,这一癌症名叫肉瘤,也叫作骨癌……

骨癌。虽然陌生，但我以前听说过这种病。我是怎么知道的？我陷入了沉思。周围好像突然安静下来，环顾四周，发现大家都在看我，坐在对角线方向的指导教授好像问了我一句什么。我看了一眼旁边的讲师，他告诉我："酒，教授问你喝什么。"原来该喝下一杯了。我端起烧酒杯向指导教授伸出胳膊，待杯子斟满后和教授干杯。看着指导教授，我又记起了硕士论文中期发表即将到来的事实，在那一瞬间，秽恶的记忆像蛇一样悄悄地爬上腹部钻了进来。国立图书馆，还有多彦。

大概是去年十一月中旬，我在国立图书馆一楼的储物柜前遇到过多彦。多彦先认出了我，叫了一声"尚熙姐"。如果不是多彦先跟我打招呼，我可能不会认出她。距离上次在大学图书馆的台阶上偶然相遇已经过去十年的时间了。确实是很久没见面了，可多彦的变化还是让我十分惊讶。短短的烫发，戴着眼镜，比以前胖了很多。她身上穿着紫色派克服和黑色棉布裤，臃肿的上衣就像装了很多茄子一样鼓鼓囊囊的。因为穿着运动鞋，显得个子好像更矮了。乍一看，她似乎比我还要大三四岁，可仔细一看，她连妆都没有化，皮肤看起来白里透红。也许,如果不是那次在大学图书馆前偶然遇到过,我现在反而会更容易认出她。像山区少女一样的女高中生多彦,如今已经变成了山区妇女,如果没有此前像楔子一样植入我脑海的黄色连衣裙的奇特印象,也许我会很自然地接受这种变化。

话又说回来,当时多彦为什么要对我说骨癌这种病呢?我努力想捋出个头绪,却徒劳无获。我不记得跟她谈论过疾病的问题,但脑海里明明清楚地记得多彦说起骨癌时那种严肃的表情和声音。谁得骨癌了?酒酣之际,饭店里越来越喧闹,已经调得很大的电视音量,也都被嘈杂声淹没了。有人嫌吵,用手机应用程序关掉了电视,但四周还是很嘈杂。我什么都想不起来了,直到会餐结束后坐在回家的地铁里,我才记起那次见到多彦的大部分事情。

那天我去国立图书馆找一些论文所需要的资料复印。把包放进储物柜,正想从入口进去,发现自己没带钱包。回到储物柜翻了几遍包,还是没有找到钱包,看来是落在家里了。我着急地翻着大衣口袋,这时有人叫了声"尚熙姐"。

"找什么呢?"

多彦的语气非常自然,仿佛我们经常见面。我说自己好像忘带钱包了,她说只要不是丢了就好。她以为我要用钱,掏出了自己的钱包。我说不是,因为钱包里有图书馆借阅证。

"那办个一次性借阅证就行了,当场就可以办好的。"

我又说不是,办理一次性借阅证需要身份证,可身份证也在钱包里。

"啊,这样啊。"多彦笑了,笑声清亮爽朗,我又吃了一惊。

"进去有什么事吗?有什么我能帮你的吗?"

"其实我需要复印一些资料。"

"要不我来帮你复印?"

"但是,找资料有点麻烦呢。"

"那姐用我的借阅证进去复印吧。"

真是天无绝人之路。出入图书馆时,只要在条形码识别器上刷一下借阅证,不需要确认是本人。对我来说这自然是个诱人的提议,只是对多彦有些不好意思。

多彦说不用不好意思,然后把自己的图书馆借阅证递给了我。

"那我马上复印好就出来,你找个舒服的地方待着等我吧。"

"我去一楼休息室。姐不用急。"

于是我拿着多彦的借阅证进了图书馆。

抱着复印好的资料出来时,多彦正站在休息室的窗边打电话。这时我突然听到一个熟悉的名字,如果当时我没听到该有多好。我听到多彦用充满喜悦的声音问:"惠恩呢?妈妈。"听起来就像是在问:"海彦呢?"惠恩,海彦,两个名字太像了。"啊,真的吗?"多彦大声笑起来。我赶紧向后退。虽然我没打算偷听,但也不能让她发现我听到了那个名字。一种模糊但又鲜明的恐惧油然而生。多彦打完电话回过头时,我从适当的距离向她走了过去。

"打印好了吗,姐?"

她微笑着。我说幸亏遇见你,已经都弄好了,然后把借阅证还给了她。

"在这里坐久了,感觉有点奇怪呢。"

听到多彦这样说,我环顾了一下周围。散落的沙发上坐着的大部分都是男性老年人,休息室里充满着用急促的声音进行的对话,以及类似石灰味的干涩味道、淡淡的男性护肤品味和条装速溶咖啡的香味。老人们身上都有一种文雅而衰弱的气质。多彦跟我讲了几件和他们相关的事,比如穿戴文雅的老人在餐厅为了抢自己喜欢的菜比较多的餐盘,故意装作没站稳,猛推一下前排的年轻人,趁机加塞的精明;比如老人们之间经常发生的争论中,各自提出的荒唐的诡辩;比如漫长无谓的争论在某一秒被突如其来的爱国主义论调快速缝合,让人哑然……不知为什么,这些话让我觉得很不舒服。

"看来你经常来这里啊。"我转移了话题。

"算是经常来吧。"

这样一想,多彦和我好像每次见面都是在文艺部教室或图书馆,这种以语言为媒介的空间里。

"是来学习吗?"

"不是学习……只是写点东西。"

"写什么?诗吗?"

多彦摇摇头。

"不是的,姐。不是写诗。我都不会写诗了。"

那写什么?我用目光追问。多彦犹豫了一下,回答说是和忏悔录差不多的东西。没等我再问什么,她又回到了老人的话题上。她说他们矍铄的精神和腺病体质、对琐事的执着,说他们的行为就像机器里面的装置一样自动流出的词汇和鸟类的集体舞蹈一样整齐划一。多彦轻咬住嘴唇,说这里不像图书馆,而是像一个博物馆。博物馆这个词让我想到了"标本",然后自然而然地想起了父亲入殓的遗体。不知不觉中我竟自言自语道:

"如果我爸还活着,也会成为那些老人中的一员吧。"

"姐姐的爸爸去世了吗?"

多彦吃惊地问。

"前年春天,因为肝癌。"我简短地回答。过了一会儿,我说起了贯穿父亲一生的军人精神,也说起了那种狭隘和单纯让我多么窒息。因为父亲,我去了师范大学,当了教师,父亲去世后,我辞去了教师的工作,读了研究生。我还说,自己好像没有因为这个恨过父亲,但好像也没有爱过他。

"我至今对此感到困惑。"

说完这句话,我更加困惑了。我似乎正是以多彦看待图书馆里老人的那种方式看待爸爸的,尽管如此,多彦评论老人的那些话,不知为什么还是让我觉得不舒服。爸爸也是那样的吗?只是那样的吗?

多彦用一种成熟的口吻对我说:"在无法挽回的事情面前,觉得困惑也正常。"

"是吗?"我含糊地问。

"死亡是一次在死者和生者之间划清界限的事件。"多彦认真地说,"死者在那边,其他人在这边。不管有多了不起,还是多渺小,每个人的死亡都是在他和其余人类之间画上一道无比坚决的界线,在这个问题上所有人都一样。如果说诞生是'我也要加入'这种并非出于本意的卑屈的汇合,那么死亡就是'你们都出去'这种强力的排斥。所以我觉得,比起让一切都持续的出生,让一切都无法挽回的死亡才更加大公无私,更加崇高。"多彦就像在读书上的文字那样平静地说道,就像一块被夯实的土地,我想。多彦对于死亡的观念经过长期地、反复地咀嚼，已经无法容人置喙，因此反而比老人的观念更可怕，更接近死亡。

"死亡让我们变成零碎的渣滓，瞬间成为若干残余。"

听到这句话的瞬间，我突然想起了海彦。想到瞬间把我们所有人都变成若干残余的海彦的美，空前绝后到让人怀疑是否真正存在的那种美，我的心轻轻颤了一下。"有的人即使活着的时候，也会把我们变成若干残余。比如……"我犹豫了一下，说出那个名字，"我是说，海彦。因为在海彦面前，我们好像微不足道。"

多彦笑了，就像很久以前在图书馆咖啡厅见到时那样，表情阴郁地扭曲着。

"尚熙姐，我跟你说过吗？就是我姐姐改名的事。"

我说没有说过。多彦告诉我，海彦的名字原本是惠恩。"可爸爸……"多彦继续说。我努力想把遨游在天际的注意力集中到她的话上，却怎么也做不到。刚才不小心听到多彦打电话的声音还在耳边萦绕。"惠恩呢？妈妈……惠恩呢？妈妈……"当时多彦说出的名字是哪一个呢？惠恩……海彦……妈妈……突然我发现多彦正盯着我，为了表示自己在认真听，我和她对视了一眼并点了点头。

"妈妈还是那么相信。直到现在还……"

多彦这样说完,就闭口不再言语。虽然不确定她妈妈还相信什么,但可以肯定的是,对多彦母女来说,还存在着另一个惠恩或海彦。真的有点不寒而栗。

在一楼的休息室里,我们没有谈到骨癌的问题。从休息室出来,我们到储物柜里找到各自的包,一起走出了图书馆。多彦说想抽会儿烟,于是我们朝着吸烟区的长椅走去。我说想请她吃晚饭,问她有没有时间,多彦爽快地回答说好。我又问她喝不喝酒,她笑着说喝。"那喝酒也让我来请吧。"我说。多彦又笑了,似乎在说:"就按姐姐说的办吧,我会一直笑着的。"看到多彦这样,我心里还是感觉很沉重。

多彦抽烟时,我一直在思考着惠恩或海彦的存在。不知为什么,我突然想起了尹泰琳。也许是因为以前在大学图书馆的咖啡厅里,多彦问过我是否能联系到尹泰琳。当时我说在班级同学会上偶尔会碰到。多彦虽然要走了我的手机号码,但后来没有问过我尹泰琳的联系方式,也没有因为其他事情联系过我。

多彦抽完一根烟,又点燃了一根。现在对吸烟场所的限制很严格,很多人都会这样一次抽好几根。话说多彦是从什么时候开始抽烟的呢?她现在还想知道尹泰琳的联系方式吗?我也很久没见过泰琳了。泰琳和申政俊结婚前来同学会发过请帖,之后就再也没有参加过同学会。大家猜测说,可能是因为没有人去参加他们的婚礼,她生气了。

多彦仍在专心抽着烟。几年后我在同学会上听说尹泰琳年幼的女儿被拐走了。那不是传闻,而是事实。据说保姆用婴儿车推着孩子出了一趟门,到家后发现婴儿车里的孩子不见了。推着婴儿车会不知道里面没有孩子吗?保姆说她真的不知道。她说,婴儿车的帘子是拉下去的,下面一格里又装着各种婴儿用品,而且车把手上还挂着从有机农产品卖场买来的牛奶、水果和果汁什么的,所以没觉出重量有异常。警方调查了保姆的行动轨迹,认为最值得怀疑的场所是有机农产品卖场。当时保姆把婴儿车推到柜台后方的角落里,与卖场人员发生过短暂的争执。"也就是说,"一位同学一边用手指在桌子上画出一条长线，一边说，"这里是柜台，这边是卖场。"然后指着那条线对面的一个角落说："婴儿车大概放在这里。"监控对准的是卖场里面的柜台，所以后面那一带是监控死角。同学说，可能那时有人把孩子从婴儿车里弄走了。当时我产生了一种强烈的既视感，海彦死后，同学们在黑板上写写画画各种图形和数字，对凶手是申政俊还是韩万宇展开各种推理，这些画面在我的眼前重叠。现在想起泰琳，也是因为那种既视感和重叠感吗？

多彦把第二根烟在烟灰缸里按灭，问我：

"姐，你信神吗？"

"神？"我说，"好像不信。你呢？"

"我目前也不信。"

我问她是否有可能相信，她说没有。

"我想相信，可是……我无法相信。这个世界上到处都发生着我死都无法接受的事情，还怎么去相信神呢？"

然后，多彦就像在图书馆休息室谈论老人时那样，用极快的语速说了一些让人捉摸不透的话。比如，地球上的某个地方有一个女孩出生了。她出生在一个贫穷的家庭，经常挨饿、挨打、翻垃圾堆，结果患上疾病，眼睛失明。十二岁时，她遭到轮奸后被乱刀捅死，最后被扔弃在垃圾场，那个她生前一直在那里寻找食物的垃圾场。即使这样也能相信神吗？

一开始我不理解多彦为什么要说这些，但这些话越来越吸引我。吸引我的不是她说的内容，而是形式，也就是多彦的态度。从多彦的话中，我感到极度的凄凉，这种感觉不是因为多彦看起来孤独那么简单，而是因为多彦被孤立了，无论她有意无意，都处于一种与人隔离的状态。

多彦似乎想冷静一下，深呼吸后继续说。比如，在这片土地上的某个地方有一个男孩出生了。他是只有侏儒妈妈和妹妹的穷苦人家的长子，因为没钱买新鞋，所以走路时总趿拉着鞋走。十二岁开始，他靠自己打工赚到的微薄收入上学，十九岁被扣上杀人的罪名，被警察拷打，被邻居指指点点，还被赶出了学校。去当兵后他被查出骨癌，不得已腿被截肢——这是我第一次从多彦那里听到骨癌这个词——然后因病退伍，再后来拖着残疾的身体到洗衣厂工作，忍受着高温熨烫衣服。最后骨癌转移到肺部，三十岁他便死去了。即使这样我们还可以说，这也是神的旨意吗？

我感觉到，多彦长久以来都想向他人倾诉一些什么，只是有一些东西无法说出口，只能一直徘徊在遥远的边际。

"姐，这都是神的旨意，即使瞭望塔着火、船只沉没，这都是神的旨意，能这样自信地说出来才能说自己相信神，不是吗？可我无论如何都说不出来。这不是天理，而是无知！这都是神的无知，应该这么说才对！应该说不懂万物的是神，这么讲才对……"

这时多彦的手机响了，她看了一眼来电号码，从长椅上站了起来。很明显她在顾忌我。她走到一边，和我保持一段足够避免我听清的距离，然后背对着我接起电话。我知道多彦刚才说的那些话不仅仅是一些让人捉摸不透的东西，它们指向一个模糊闪烁着的、某种意义上的靶子。十九岁被扣上杀人的罪名……难道……在想起他的名字之前，我先想到了那首以"恨满——呜——世上"开头的歌。对，韩万宇，是韩万宇吗？

患了骨癌而死的男人是韩万宇?难道和我同岁的他在三十岁就死了吗?

"怎么办呢,姐?"接完电话回来的多彦对我说。

"我很想和姐一起吃晚餐,但我得走了。我有点事情。"

大概不是什么坏事,多彦的表情看起来并不沉重。"那么,姐,"多彦带着调皮的微笑说,"就算不信神,那诗呢?你相信诗吧?"

"我相信诗。"

我也笑了。突然想起了妈妈的话,我很想把它告诉多彦。爸爸去世后,妈妈总是习惯性地说:"如果油不漂上来,你爸就会死得更早。"一边从排骨汤或酱牛肉锅中把浮在表面的白色油脂撇出来[1]。

"'如果油不漂上来'是指……"

多彦问。

"如果大海是陆地[2],类似这个意思吧。"

---

1 韩国饮食传统崇尚清淡,认为过多摄入油脂不利于健康。为了家人的健康,妈妈总是将汤锅里的油脂撇出来。待油脂漂上来,才可以撇去浮油。
2 一句歌词。出自同名歌曲,描写对故乡的思念之情。"如果大海是陆地"和"如果油不漂上来"一样,是对不可能发生之事的假设。

听到我的话,多彦像自行车的铃声一样丁零零地笑了。

"妈妈们真的很了不起,这应该是迄今为止我听过的最朴素的哀悼了。"

"对自己一辈子撇出浮油、精心照料之人的哀悼?"

"没错。天啊,撇出浮油、精心照料?尚熙姐简直是诗人啊。"

我们这样说笑着,然后突然想起什么似的从长椅上站起来,挥手告别,像明天还会见面的人们那样。我什么都没问多彦,包括住址、联系方式,就算问了可能她也不会说的。

后来我经常去国立图书馆,甚至决定在那里写硕士论文。每次去我都会寻找多彦,但从未在那里见到过她,她明明说过经常去的。有一天我终于明白,多彦自见到我那天起便再也没去过图书馆,以后应该也不会去了。她再也不会到图书馆吸烟区的长椅上吸烟了。

多彦说:"我很想和姐一起吃晚餐。"那时我因为在想尹泰琳和韩万宇的事,精神开了小差,现在回想起来，她是在表明不再见我的意思。就一次，永远不会再有，是这样的意思。她避开了我。不仅是我，只要是知道很久以前那件事的人她都会避开。她需要这样做，她一定希望自己在这个世界上被孤立和遗忘，所以她才增肥后又戴了眼镜，躲在像一个硕大的茧一样的紫色派克服里，是这样吗？为了避开可能遇到的目击者？

从地铁站出来时，我在想这一切可能都是荒唐的误会和妄想。但如果不是这样，如果我的猜测全部属实，韩日世界杯当年发生的事件至今还没有结束，以后也不会结束，直到多彦的人生画上句号为止，甚至在多彦的人生结束后，它还会持续下去。某种残酷的东西始终在持续，我们却无能为力，这在一个人的生命中代表着怎样的重量，我无法想象。

斜阳，二〇一九

很长一段时间我都不敢走进韩万宇工作的洗衣工厂。虽然去过几次,但听到远远传来的巨大的嗡嗡声,最终我还是转身离开了。

那天我鼓起勇气走进了洗衣工厂开放的大门,工厂内部充满了湿气和热气。到处都是装着漂洗衣物的大桶着地的哐当声,以及布料被拉紧后发出的啪啪声。我想这种程度尚可以忍受,就又往里走了几步。敲钟的声音、高速磨刀的声音、尖锥扎刺的声音、急促的呼吸声和类似惨叫的声音等逐渐通过耳鼓被放大,通过眼睛被特写,我几乎再也无法前进一步。

正想转身出来,我从挂在轨道衣架上转动的衣服的空隙中看到了韩万宇。看到他那平静而瘦长的脸的瞬间,一个小小的奇迹发生了。可怕的声音逐渐消失,不，与其说是消失，不如说是声音的形态发生了变化。像被随意撕裂的铁片一般尖锐的声音一起翻滚着，似乎会像巨大的云朵一样膨胀起来，最后却像泡沫一样慢慢破灭，所有声音又都变回自己原本的声音。洗衣机嗡嗡旋转的声音，烘干机嘎吱转动的声音，计时器嘀嘀嗒嗒的声音，蒸汽熨斗嘶嘶的喷气声，它们就像工具箱里收纳好的工具那般，逐一获得了属于自己的形象，不再是抽打、攻击我的轰鸣。我像生平头一次听到声音的人那样倾听着那些声音。是的，声音就是这样用耳朵听的，而不是用眼睛看的。声音只是声音而已。我这样平静地念着咒语，但那个地方真的无比嘈杂。

我走进工厂内部狭窄的通道，一路上看到很多给衣物分类、检查污染程度的老年男性，还有戴着橡胶手套在污染部位刷上洗涤剂的老年女性和给旋转的人体模型麻利地穿上衬衫和西服上衣的中年女性。善宇说，韩万宇刚到工厂工作时也做过这些简单的工作。但现在他主要负责人体模型最后一站的工作。人体模型穿的衣服被蒸汽机器从两侧压紧，进行完初步的熨烫后依次脱下，最后摆在韩万宇面前。他坐在椅子上，把送到自己面前的衬衫或西服一件一件地摊开在工作台上，用蒸汽熨斗仔细地熨烫着没有熨好的边边角角。就像炸鸡店老板说的那样，他很会干活。只见他右手握住蒸汽熨斗，左手轻轻拉起衣服的衣领和袖子、前端和里衬等部位熨烫。他的动作非常轻快，让人几乎无法相信善宇所说的，哥哥的手和胳膊因为烫伤而起满水疱。对他来说，蒸汽熨斗似乎是他右臂的一部分或延伸出的部分，一点也不热，一点也不危险。经过他手的衣服被挂到衣架上，套上塑料袋，沿着轨道运了出去。

过了一会儿，他换了个位置开始熨烫床单。他的左腋下面夹着拐杖，右手像长枪一样握着一把连接在铁轨上的长长的蒸汽熨斗。固定在架子上的床单被拉紧后，他用一瘸一瘸的小步向旁边移动着，伸展和抽拉着蒸汽熨斗，在床单上画出往返的直线，而规律的熨烫速度和轨道的准确性在床单上得到了如实的体现。从烘干机里拿出来时布满细纹的床单，随着像标尺一样准确地横向移动、纵向往返的蒸汽熨斗的快速移动，逐渐变得无比平整。在我眼里，他不是在熨烫床单，而是在织造新的床单。我久久地看着他熨烫床单，他那由于抗癌治疗而掉光头发的秃头顶在蒸汽熨斗喷出的白色蒸汽后闪着光，新的床单从他每一个完美的动作中不断诞生，它们是那么平整。在我转身时被不平整的工厂地面绊倒的瞬间，以及他死后，我都久久地记得那个场景。

我没有去参加他的葬礼，和善宇也许久未联系。但有时我不可抑制地想念他们兄妹，想念他们家飘出的熬猪骨汤的香气，还有用粗短的手指抓捏着菜叶放进汤里的他们的侏儒妈妈。她们应该还住在 A 栋 301 室，但我不能再踏入那个房门，也不能再去商铺拐角的那家修鞋铺修鞋了，我也不敢再听商用建筑二楼教会里传出的赞美诗歌声了。也许很长时间，也许一辈子，我都不会再见到她们了。

我比任何人都清楚她们母女是充满善意的人。但是万一申政俊和尹泰琳夫妻二人把很久以前的那件事告诉警察——我想他们应该不会那样做，但是如果他们稍微提到了那起事件——警察一定会先去找韩万宇的家人。既然他死了，他们就要审问和监视她们母女。在受到各种诱供的过程中，身材矮小的母女二人也可能会偶然地谈到我——我什么时候来找过她们、我又是如何打消她们的怀疑，使彼此变得亲近的——如此不带任何恶意地提到我。然后警察也不会放过我。

我不明白。难道我们的人生真的没有任何意义吗？无论如何去寻找，无论如何去塑造，都不可能找到吗？这是一个只会留下遗憾的世界吗？活着本身，喜悦和恐惧交织、平静和危险共存的生命本身，有可能成为意义吗？左腋下夹着拐杖，右手拿着长长的蒸汽熨斗熨烫床单的韩万宇，比这个世界上的任何人，甚至比扩散到他肺部的癌细胞还要努力地活着；放空思绪、不懂得任何禁忌、把脚放到沙发或汽车座椅上，膝盖稍微张开坐着的姐姐海彦也像即将飞走的鸟一样，温暖而芬芳地存在过。不过是一刹那，有可能成为人生的意义吗？

现在他们已经死了，不复存在。韩万宇死后，我终于可以哀悼姐姐的死。并且明白，和他的人生一样，姐姐的人生也被痛苦地毁掉了，不是完美的美的形式，而是鲜活的人生的内容被毁掉了。他们死了，我还活着。活着，如果这样就足够，就不必想其他什么了。我还活着，一天一天地活着。妈妈和小惠恩，无人知道的负罪感和漫长的孤独一直伴随着我。

偶尔我还会想起第一次去找韩万宇那天的强烈的憎恶。我想起自己看到他被截肢的腿，说他这是遭了天谴，还诅咒他说，总之他的病不会轻易好起来。我想起背对着小厨房的窗户坐着的他说出"膝盖"的那个瞬间，还有他不时咧嘴笑的样子，把他像腌黄瓜一样的脸颊熨烫得像光滑的香瓜一样的笑容。我曾经带着无比强烈的厌恶感，冷冷地看着他的笑容。那是他对一名少女纯朴的心意流露出的笨拙的笑容。

我想象着，骑着一辆送外卖的踏板摩托车的十九岁男孩停在十字路口，摩托车后座上坐着一个漂亮的女孩，她眼角上扬，嘴唇红润。绿灯亮了，摩托车发动的瞬间，女孩的手轻轻抓住了他的侧腰。女孩的手像羽毛一样温暖、柔软。"穿的是背心和短裤啊！"女孩的声音和气息在他耳边掠过。他长有皱纹的两颊弥散着一生中从未感受过的陌生的喜悦，背后却隐藏着莫名的恐惧。他穿过溢满喜悦和恐惧的十字路口，飞驰而去，向着六月傍晚明亮的夕阳。

# 作家的话

人不能平凡地出生,平稳地生活,平静地死去,
我知道这是再自然不过的,
却仍对此无比恐惧。
虽然恐惧,即使恐惧,
却不能放弃人生的真相。
人生的反面是"平"吗?
那么,我写下的是对"不平"的人生的恐惧吗?

因此现实中许多"不平"的人生成了故事,
对人生的恐惧和人生带来的痛苦,是否具有意义?
所有的生命都迂回曲折,意味深长,
是那独一无二的纹路擒着我们,不肯放手吗?
人生到底是不可能平凡的、平稳的、平静的,
这是理所当然的,同时又是令人惊讶的,

既诡谲又让人好奇,

既恐惧又令人着迷。

我想,也许正因如此,

我们才一直在听着、读着、写着生命的故事吧。


平凡地出生,平稳地生活,平静地死去,

那是无法想象的不可能的人生。

但无关这一不可能,

只希望每个人、每个生命,

都能平凡地出生,平稳地生活,平静地死去。

哪怕只有一次,

也希望这个世界上有一个生命,

即使是一只蜉蝣,

可以平凡地出生,平稳地生活,平静地死去。

哪怕只有一次,

只希望那不可能存在的人生存在过一次。

我在想,这份祈祷的心意来自何处呢?


也许是因为这不可能的渴望,

这渴望就像巨大画幅的框架,

牢牢地捕捉了"不平"的人生中多彩的风景,并保持紧绷。

所以每一段人生,每一段故事,

没有像沙子那样四散开来,而是保留下来了吧。

所以,

希望你的人生是"平"的,

希望你不那么痛苦,希望你可以承受。

把这份心意优美而坚定地种下,

种在你"不平"的生命中央,

种在你痛苦、恐惧、难以忍受的生命中央,

那它又会成为一个多么美丽的故事。

我现在想象着你,

比爱情更加深沉……

权汝宣

二〇一九年四月

## 图书在版编目（CIP）数据

黄柠檬／（韩）权汝宣著；叶蕾蕾译．—广州：花城出版社，2022.9
ISBN 978-7-5360-9734-6

Ⅰ．①黄… Ⅱ．①权… ②叶… Ⅲ．①长篇小说—韩国—现代 Ⅳ．①I312.645

中国版本图书馆CIP数据核字（2022）第130117号

著作权合同登记号：图字19-2022-094号
Copyright © 2019 by Yeo-Sun Kwon
All rights reserved.
This edition is published by arrangement Barbara J Zitwer Agency and KL Management through Andrew Nurnberg Associates International Limited
Originally published in Korea by Changbi Publishers, Inc.
Simplified Chinese translation copyright © 2022 by Beijing Xiron Culture Group Co., Ltd.

| 出 版 人： | 张 懿 |
| --- | --- |
| 责任编辑： | 欧阳佳子 |
| 特约监制： | 冯 倩 |
| 产品经理： | 任 菲　商瑞琪 |
| 特约编辑： | 金 玲 |
| 版权支持： | 冷 婷　朱 雯 |
| 营销支持： | 叶梦瑶　徐 幸　王舞笛 |
| 技术编辑： | 林佳莹 |
| 封面插画： | 小椿山 |
| 封面装帧： | 汐和 at compus studio |

| 书　　名 | 黄柠檬 |
| --- | --- |
|  | HUANG NING MENG |
| 出版发行 | 花城出版社 |
|  | （广州市环市东路水荫路11号） |
| 经　　销 | 全国新华书店 |
| 印　　刷 | 河北鹏润印刷有限公司 |
|  | （河北省沧州市肃宁县工业聚集区） |
| 开　　本 | 787毫米×1092毫米 32开 |
| 印　　张 | 5.5　2插页 |
| 字　　数 | 100,000字 |
| 版　　次 | 2022年9月第1版　2022年9月第1次印刷 |
| 定　　价 | 45.00元 |

本书中文专有出版版权归花城出版社独家所有，非经本社同意不得连载、编辑、复制。
如发现印装质量问题，请直接与印刷厂联系调换。
购书热线：020-37604658 37602954
欢迎登录花城出版社网站：http://www.fcph.com.cn